喚師物語
林文篇
鳥巢
NOVEL
ILLUST
RURU

宅屬性的大學副教授，擅長召喚。他很怕麻煩卻總碰上麻煩，老是被自家惡魔女僕氣得跳、雖然看似是個沒有威嚴的召師，但其實他是人間界裡最強「喚者」。

惡魔女僕，林文的使魔。喜歡惡整林文，常挑釁他人後推説都是林文指使的。

繼承淨世聖女名號的神族，受到不明重傷墜落人間，性命垂危時承蒙林文等人出手相救。

辰燦

神界有名的斷罪之使，專門負責審判和追捕罪人。追緝著饟發來到人間。

霧洹

林文母親昔日的使魔，對林文有看顧之情的劍仙，喜歡遊歷人間。

蔣落言

秘警署局長，林文母親的故人。

耀慶

秘警署隊員，林文昔日的學生。誇張的刺蝟頭和龐克打扮下有顆熱血且願意付出的心。

CONTENTS

The summon is the beginning of trouble

Chap.1 麻煩從天而降！

整齊有序的會客室裡，不論窗溝抑或是書架縫都被打理得一塵不染。兩邊並牆排列的書架上各是琳瑯滿目的書冊，細細看其中的書名即可發現到架上充斥著各種神秘的用語，包含神魔、死靈、召喚學史等各種範疇。這裡的藏書脫離平凡的生活，這些藏書的主人想來也應是如此……

才怪！他原本的生活可是平凡中的小確幸！

他煩躁的緊緊皺著眉，滿頭黑白相雜的亂髮，活像是沾染上一層蜘蛛網般，久未曬過陽光而顯得蒼白的膚色搭配此刻哀傷的神情，理應讓在一旁觀看的人不禁擔心他是否隨時會因營養不良而昏死過去。但現在圍繞在他周邊的人可沒有擔心他的閒情逸致，每個人都張著嘴火力旺盛的對著他大放厥詞，大有一種他是千古罪人一般的情境。

說實話，他只是一位想認真研究學問的副教授，單純的選了一所大學教課，興許這間學校在這座海島上可能頗有知名度，但放眼到世界則是根本沒人聽說過！學校的總世界排名老是卡在說高不高、說低不低的尷尬位置。

但……這不關他的事情。

對於學校的世界排位，他深信其他比自己更有抱負的同僚，會在這無止境的戰鬥中大展拳腳的。

至於他？他只要能夠窩在這間研究室，專心的研究魔法領域之中的召喚學，剩下的事情是沒有什麼訴求的。

開始擔任教職的這段時間，他的時間彷彿已經固定化，每天都是由研究、吃飯、授課、睡覺這四種交叉排列組合。聽起來是很枯燥乏味的生活，但在他眼中，平凡也就是一種幸福，所以對於這樣日復一日的生活作息，他早已習慣的欣然接受了。

結果眼前的這群不速之客，讓他原本悠閒的早晨，就這樣毫不留情的被破壞殆盡。

他痛苦的按摩著聽得有些麻木的雙耳，看著眼前這群人正口沫橫飛的勸說著，言談之中不時還穿插著各種手勢，眼神中的執著深到似乎恨不得撲到自己身上。他無奈的看了眼天花板，早知道當初根本不應該開門讓這群人進來的！

想到被延宕的研究題目，他倒抽了兩口氣，眼神從無奈漸進到絕望……

「林文副教授，你到底有沒有聽懂！這是政府的委託！」一位西裝筆挺的議員大手一拍，用力得讓桌上茶杯中的水濺了幾滴出來。

「不要這樣，林副教授也是很忙碌的——」另一位議員見狀馬上跳出來扮起了白臉。

標準的一個黑臉、一個白臉，要不是這裡並非舞臺，他也並非觀眾，他說不定會站起來大力鼓掌。

看著眼前兩人一搭一唱，林文按著有些疼痛的太陽穴，納悶的說：「最近的議員還要去兼差雙簧啊，薪俸如此低落，你們還真是辛苦了。」

此話一出，所有議員頓時臉紅脖子粗的罵了出來。他們在議會可都是作威作福慣了，何曾被人這樣酸言酸語過，就連行政院院長他們都可以罵得跟龜兒子沒兩樣，這位小小的副教授竟敢還嘴！

眼看他們又要連珠嘴炮，林文毫不掩飾的翻了翻白眼，看向坐在桌邊一角始終沒有說半句話的兩人。

其中一位穿的也是整套的西裝，但單單是西裝的袖口處用金線所繡上的符文，就可以看出此人並不是一般政客；而額上的皺紋，讓他的滄桑成為了時光的微醺，就連圍繞在周圍的空氣都彷彿有些異樣扭曲。

至於另一位……他始終覺得有點眼熟，卻又說不上是誰。金色的刺蝟頭，雙耳上滿滿都是耳洞，原本應該俊美的五官，在不知道該說是龐克風還是詭譎風的情形下，變得有點……咳咳，不予置評。

「如果你們只是想看我被炮轟，應該也看夠了吧？」林文偏過頭無奈的低聲說著。

在各種怒罵聲當中，林文的聲音根本無異於蚊子般的音量，但那兩人卻似聽見一般，微微的翹起嘴角。

只見刺蝟頭的那位彈了下手指，甚微的彈指聲卻宛如指揮家的休止符，讓喧鬧的會客室突然安靜了下來。

林文看了看突然像是被按下靜音鍵的議員們，這才發現他們都腦袋昏沉的睡著了，趴在桌上流口水的模樣比起剛剛不知道可愛了多少。

「只是睡眠的暗示。」刺蝟頭一邊解釋一邊淺淺的笑著，同時掏出了張名片遞給了林文。

名片上面的圖案是一雙手將魔導書緊掐住的小圖，那是在全世界都有分布的機關——秘術警誡署，簡稱秘警署。

身為專門管理各種異端事件的組織，秘警署管理的範圍橫跨了各項領域，說明白一點就是跟神秘有關的警察局！舉凡召喚師、魔法師，甚至可能連風水師都在秘警署的管理範圍之內。

但讓林文疑惑無奈的地方就是在這裡……他向來大門不出、二門不邁，若不是因為他是個男的，他絕對有信心可以獲得黃花大閨女的特殊成就！

這樣宅在家的他，為什麼會讓秘警署找上門啊！這到底是什麼邏輯？

難道這就是「是福不是禍，是禍躲不過」嗎？他哀怨的看向廚房中正不斷竊笑的身影。

「我不記得我有做過什麼事情需要勞煩秘警署帶著一干政客一起上門……抬槓。」他試圖裝作落落大方，語氣有些生硬的從牙縫間迸出口。

「我是秘警署局長蔣落言，這一位是耀慶探員。」穿著西裝的男子拿出名片後，繼續說了下去：「是這樣的，也許你不清楚，但禍事臨門了。」

林文乾笑了兩聲，眼下這種情況誰會不清楚禍事臨門？而且還是他的惡魔女僕懷著禍心開門讓「禍事」進來的，讓他連婉拒都來不及婉拒！

一想到這裡，他又狠瞪了廚房的身影一眼！

「我們說的不是你的禍事，而是這整座島的禍事。」注意到林文的視線所在，蔣落言似乎看穿了林文乾笑中的含意，搖了搖頭補充：「你知道前幾天，臺中那邊的妖怪集體遷移嗎？」

「……我連我家隔壁什麼時候開間新的超商都不知道了，你問我臺中的妖怪不會太遙遠嗎？」林文支著額沒好氣的回應著。

他每天光是做研究就來不及了，所羅門的召喚陣研究進度連十分之一都不到，誰有興趣去關心妖怪搬家搬到哪裡去。

「這是件大事。」一直沒有介入對話的耀慶愣了愣。這座海島上幾乎所有與神秘相關的生靈這幾天都在談論此事，身為教授召喚學的副教授竟然完全不在乎？

「我記得憲法賦予人民遷移居住的自由。」林文皺著眉頭，眼神飄忽了起來，「而我可沒有種族歧視。」

「那我換句話說，現在的臺中連半隻妖怪都不存在，你可有興趣了？」蔣落言緩緩的說著。

「我的時間很寶貴，要說就說，不說拉倒。」林文煩躁的看著用話語引誘他的局長，直接打斷了局長的話。這種拐彎抹角的說話方式，等談到核心天大概都黑了一半！或許有人會說研究工作放在那邊並不會跑掉，這話是沒錯，但問題是它也不會自己長腳自己完成進度啊！

「有神族降臨在這座海島上了，依照現場鑑定的結果，受傷程度應該不輕，甚至有可能在被人間神秘結界遣返之前，就傷重不治了。我們需要您的協助，幫助我們找到祂。說實話，祂死在哪裡我們都沒有意見，但就是不能死在我們的管轄範圍內，這樣講夠直白嗎？」蔣落言一口氣的全說出口，看著林文怔愣的神情，他露出了恭敬的微笑。

……還真是不說則已，一說嚇死人！林文抿了抿唇。

一位莫名降臨人間的重傷神族？所以這才是為什麼秘警署會來拜託他的緣故吧！

理論上，誤闖或者別有居心闖，不論是哪一種，只要魔力一貧乏，就會被籠罩人間的大結界送返回去自己的界域。這是人間獨有的結界，也可以算得上是六界的七大不可思議之一吧？

知道是來自哪種界域，還能準確無誤的在魔力貧乏的時間點準時發動，這種比人工智慧還要人工智慧的結界……嘖嘖，只能說造物主獨具匠心，古老的結界還是有它的奧妙之處。

只是眼下的情況並不是人間大結界會失效，而是對方可能在魔力貧乏前就先死去了……看著眼前的蔣落言和耀慶臉色如此凝重，林文搔了搔臉頰，他也不是不能理解為什麼秘警署會急得跳腳，畢竟這可不是什麼小問題。

神族如果放到人間，依照瀕危物種等級……應該算是極危吧。

就是一不小心被目擊到便能榮登新聞頭條的那種等級，若真讓那位神族死在這海島上，這責任誰都扛不起。

但是……這到底關他什麼事情啊？林文越想越百思不得其解。

「你們找錯人了吧？不對，應該說，這種尋神任務應該拜託搜救犬之類的會比較有實質效益吧？要不然，再不濟也應該是找什麼偵探事務所之類的吧？」林文皺著眉頭，完全覺得自己根本是八竿子打不著關係的路人甲。

「沒有任何一隻受過訓練的追蹤犬可以追蹤。現場殘留的神威都可以逼退群妖了，硬是帶搜救犬進入現場……這也太為難狗了。」耀慶搖頭否決。一想起現場的氣息，就連最沒有靈感、那種八字七兩二重的人，都會下意識避開那處降臨地，期望追蹤犬的成效更是痴人說夢。

「至於偵探事務所？神族也不是什麼低智慧的物種，如果有心想避開的話，等找到祂，怕也傷重不治了。所以我才想說來找舊識協助，也就是你的母親，但沒想到……」蔣落言說到最後停頓了下來。

「母親早就離世有一段時間了……」林文閉上雙眼，想了想，緩緩說出口：「好吧，所以現在是要轉而委託我？」

「嗯。」耀慶和蔣落言點了點頭承認，可兩人卻異口同聲的質疑：「但你的能力夠嗎？」

林文莞爾……他現在是不是應該立刻跳起來喊說不論哪方面都夠？

這麼麻煩的事情，原本是打算婉拒的，但當雙目一觸到蔣落言的眼神，他原本要說出口的拒絕就怎樣也說不出來了。

那是一雙哀悼的雙眼，似乎是在感嘆著母親的離世。如果母親此時還活著，論年紀應該也和蔣落言一般吧？雖然不清楚他們之間的關係，但一想到人世間除了自己以外，還有別人記得母親的存在，他就怎樣也拒絕不了。

……這也算得上是母債子還吧？林文嘆息了。

「我會儘速找到那位神族的。」

「那就拜託你了，秘警署這邊也會不遺餘力的繼續搜尋。」

經過許久的沉默，兩人站了起身，恭敬的行禮完之後，就走了出去。

林文站在門旁看著兩人的背影，心底有股淡淡的詫異，有件很重要的事情似乎被他遺忘了，但此時他卻怎樣都想不起來。

「林文。」

女子的聲音猛然從林文的耳旁冒出，讓還在深思的林文嚇了一大跳的回過頭看。那是一位身穿誇張女僕服飾的少女，玲瓏有緻的身材搭配著深邃的五官，桃紫色的雙長馬尾如同上好的絲綢緞般隨著身體的躍動而舞騰著，髮際間的惡魔角完全沒有任何隱藏的彰顯出來，雙目和眉宇間都蘊含著各種藏不住的笑意。

望著眼前的惡魔女僕，林文忿恨的咬磨著牙……她！就是讓他一早「享受」到被嘴炮圍攻的罪魁禍首！

這已經不知道是他第幾次後悔和她締結契約了！他的各種小確幸屢次葬送在她的手中！現在就連安穩的研究也要被剝奪！是可忍，孰不可忍！

「琳恩，妳還敢出來！要不是妳開門讓那群說相聲的——」林文的心臟在說到「相聲」時突然緊了一瞬，尤其琳恩於此刻那不斷望著裡頭賊笑的神情，更讓他的身體僵硬了起來。

依順著琳恩那玩味的視線，他神情不安的慢慢轉過頭，額頭上的冷汗沉默的滑落到頸側，他看向理應空無一人的會客室……那幾位議員此刻還癱在椅子上，動也不動的呼呼大睡！

該死！他要打電話去罵秘警署！來拜託人幫忙，結果還遺留下這種禍害！

如果說那些政客算是伴手禮的話，那也難怪這座島國的外交友邦數會始終這麼低落！

林文按了按疼痛不已的太陽穴，雙手死握緊拳，以克制自己不把怒火波及到這群睡覺的混帳身上，「琳恩，幫我打電話，叫他們的單位來派人接送回去。」

琳恩壞笑的拿起了電話，問：「打給哪個單位？國家戲劇院嗎？」

林文怔了怔，嘴角緩緩上揚，「都可以，反正都是公家機關，殊途同歸。反正都是花我們的納稅錢，就叫國家戲劇院來接人吧。」

三十分鐘之後，滿腹疑惑的國家戲劇院專員推開了貼著紙條的門扉，只看到四位政治地位重大的大老們，趴在桌子上睡到口水流滿地，打呼聲驚人……他們只能滿腦困惑的把這些高官們都全接上了車。

過了一個小時，那四位大老清醒了過來，看到自己正躺在國家戲劇院的休息室，從一開始的納悶到和國家戲劇院商談，再拼湊回事實之後，每個人都怒火中燒的趕回林文的大學研究中心會客室，但那裡早就空無一人了。

只見白色的木門上高掛著一塊牌子，上面寫著「臺中出差中」。

撲了一場空的他們，只能忿忿的踹了下門板離去。

※※　※◆※　※※

熱鬧的臺北市區，此時人來人往的火車站內，林文光只是站在旁邊看，就感嘆得無法自已。只能說社會在進步，這並不單單只有人類，就連妖怪也是如此，因為妖怪們也懂得坐火車了，只不過都沒有買車票就是了。

看了眼剛到站的火車，各種五花八門的妖怪大手拉著小手，就這樣率性的揹著大包小包的行李從火車車頂上跳下來，這樣的陣仗幾乎可以說是攜家帶眷……

從他身旁經過的鐵道員還津津樂道的談論起，最近這幾天不知道是系統發生什麼問題，火車的速度總是提升不起來，負載器有時還會跑到危險的超載警示區，但這種機械故障卻在火車駛到中部時減低許多，甚至一到臺中地段，原本近似陽痿的火車馬力彷彿嗑了威爾鋼般，瞬間衝到危險速限，讓各個火車駕駛員完全不敢鬆懈。

就因為這一點的緣故，最近火車老是誤點，導致他們這些火車駕駛員沒有少挨罵。

「這種空前盛況，就是妖怪大遷移？」林文玩味的說著。

「應該沒錯。」琳恩點頭同意，同時將手中的兩張車票在指縫間反覆翻轉，「說真的……我很訝異你竟然會想要實地考察，我以為你捨不得離開你的研究的說。」

「沒有真名、沒有魔力，就連個照面都沒有打過。要找到那位失蹤的神族，除了親自殺到現場去看看有沒有什麼線索之外，還有什麼辦法嗎？」林文哀怨的說著，他已經許久沒有來到這麼多人的場合了，「如果可以……我當然也很想要隨便召喚出來交差了事，但……至少要給我根毛吧！」

結果根本是靠……左邊啦！他親自打電話去秘警署，對方竟然說所有的血液樣本都在臺中分部，包含毛髮樣本等更是珍貴證物，短時間之內無法離開臺中分部。

那、那是要他怎麼辦？他在電話中聽到對方如此宣稱的時候，完全氣到說不出話，在這種一問三沒有的情況下，這根本是逼他親自殺到臺中去。

這就是最終和秘警署討論出來的結論……他必定得出這趟遠門了，而且還是自費！

當時無語的他實在很想問問普羅大眾，當個宅男是這麼的罪大惡極嗎？宅在研究室做研究，什麼時候變成難度三顆星的任務了？

他捫心自問自己的研究室既沒盜電也沒偷水，他還按時交付系費，雖然他從來都沒有參與過召喚學系所舉辦的活動……越是深究下去，他的臉色就越加難看。

「我都快搞不清楚，是他們求我幫忙尋人，還是我求他們讓我去尋人了……」林文不滿的喃喃自語。

「沒辦法，你可是允諾過人家了，既去之則安之吧。」琳恩微笑的輕拍著林文的肩膀。

「妳為什麼這麼高興啊？」林文看著琳恩那高興的神情，眼神不經意瞄到了她手中手機的畫面「臺中必敗美食專輯」，他咬緊牙關低聲說：「妳手機畫面是什麼？」

「這？我很早就想去臺中嚐嚐人間美食了啊！」琳恩毫不隱藏的高舉了起來，手機中各種美食照片讓人光是看著就垂涎三尺，「難得可以在那待久一點，當然不能輕易錯過那些路過的美食。」

「等一下！我們哪裡會路過？雖然現場是在臺中，但那可是臺中的郊區，我們要怎麼路過美食？」林文眨了眨眼睛，他有搜尋過去現場的路徑，當看到地點如此荒僻的時候，他還向琳恩抱怨過大概要搭計程車的事情。

「沒有『我們』，是我會路過啊。」琳恩愉悅的用食指指著自己。

「妳？」林文愣了愣，心底的不安頓時躍上心頭，「妳的意思是，只有妳？」

「嘖嘖……我知道你一少了我就會從宅男退化成廢材，說實話此時的我心中也是千萬個不願意，但人總是要學習獨立自主，而我也可以趁機學會如何放手。」琳恩作勢露出於心不忍的模樣，但嘴角的笑意卻完全遮掩不住。

「那還真是用心良苦啊……」林文掛在臉上的笑容有些僵硬了。

「好說好說。」

「但少了妳精心烹調的美味佳餚，我可能會餓死在路邊。」林文雖然仍掛著微笑，但話裡的字字句句幾乎都是從牙縫間隙中迸出的。

「我聽說臺中秘警署會提供便當，而且還是池上米喔！」琳恩眨眨眼。

「沒有妳的陪伴，我可能會食不下嚥，就算吃下了也可能會鬧肚子。」林文話鋒一轉，手更是直接握住了琳恩的手掌，用力的程度就像是此生再也不打算放手一般。

——開什麼玩笑！哪有只有我在深山荒野受苦受難，妳卻在都市鬧區中獨享美食的這種事！

一想到這裡，林文握琳恩的手就更加用力了。

「我就知道可能會發生這種事情，所以我特別準備了這個。」琳恩慢條斯理說著，五指伸展開來的力道卻讓林文一根一根的鬆開手指，接著她抽離了自己的手腕，然後將某罐裝物強硬的塞入林文的掌心之中。

林文狐疑的看了眼掌心中間的罐裝物，那是一罐旅行攜帶用「金○字胃腸藥」……

「不論是提升胃口還是便秘腹瀉，聽說都是一瓶搞定。」琳恩笑笑的說著，隨即拉著自身的行李箱，從容的走到火車內。

林文氣憤的高舉著金○字胃腸藥，想要摔卻又摔不出去。就在這個時候，他的雙眼探見罐底的保存期限……根本早就過期了啊！

氣憤的踱步走到火車上，林文看著已經坐在椅子上一派輕鬆的琳恩，那種似笑非笑的神情，完全是誰先開口誰就輸了。

就在兩方沉默的這時，火車上的廣播適時的穿入，那是一位溫柔女性的聲音，**「本班次列車直達臺中……這躺旅程預祝順心愉快。」**

——這到底要怎麼順心！怎麼愉快啊！

緊握著金○字胃腸藥的林文深深的、無力的嘆了口氣。

※※　　※◆※　　※※

火車才剛駛入臺中火車站，琳恩拉著行李箱能閃多快就閃多快，明明是林文在趕轉乘車，但第一個失蹤的卻是她。

撫著沉重的腦袋，林文開始納悶起來，他這個主人是不是當得很失敗？

伴隨著嘆息，林文從主線轉入了火車支線。越是接近現場，旅客就越發稀少，到最後整輛列車只看得見他自己一位乘客，是因為偏遠鄉村的緣故嗎？不……應該不只如此。

當火車完全停下的時候，林文從容的下了車，卻完全看不到任何的乘客，就連站務員也都罕見的由人工智能機取代。

空氣中的潔淨已經到了誇張的地步，吸了一口那過於清新乾淨的空氣，林文的肺反而感受到一股不順暢，他大概了解到為什麼秘警署會如此在乎此次事件了。

即便已經離開這裡了，殘留的神威卻還是如此的刺骨難耐，也許琳恩的離去就某種程度上反而是件好事。

身為惡魔女僕的她，在這種環境下應該會更難受才是。

他不由得慶幸了一會琳恩的離去……直到他手機的簡訊通知聲傳來，讓他對幾秒鐘前的慶幸轉為後悔。那是一封附有各種美食照片、文情並茂的簡訊，看著簡訊中的琳恩大快朵頤的模樣，他下定決心收回先前對琳恩的任何一丁點慶幸，放在她身上那根本是完全的不值得、奢侈、浪費！

正當林文還在怨尤的怒刪簡訊的時候，一道熟悉的聲音從眼前傳來。

「林文副教授，難為你跑這一趟了。」

耀慶駕著車看到林文出現，眼神中浮出了一絲驚奇，似乎是在驚訝林文居然真的離開了研究室一般。

林文蹙著眉爬上車子副駕駛座，看著正駕駛座的耀慶，不知道為什麼對於這位穿著上個世代龐克風的探員，他總有種熟悉感。

「我一直很想問，我們從前有見過面嗎？」

「我曾修過副教授你的課。」

不知道為何，當耀慶說到這裡時，眼神閃爍的迴避了林文的視線。

曾修過？林文回憶著。不可能……如果課堂之上有一位裝扮如此顯眼的學生，他不可能沒有注意到。

等、等一下，這麼說起來——

「喔……我想起來了，你就是那位只有期中考和期末考沒有缺席，其他課堂數統統沒出席的那一位，我還好奇的翻過你的入學照片……看來不只女大十八變，男生也不遑多讓。」

印象中的耀慶是一位低調到幾乎神隱的學生，不起眼的髮型和穿著，林文之所以會對他印象深刻，實在是因為他在撰寫有關於異界生物倫理相關問題時的答案。

相對於其他學生寫得冠冕堂皇的回答，耀慶則彷彿戳破現實般的直接寫出人類相對於其他界生物的脆弱，單單是最後一句「為了生存，我們不得不妥協。」，就讓林文對這名學生的好奇感增添許多。

現在看著耀慶尷尬的傻笑回應，林文倒是覺得沒有什麼，對於學生的上課與否他沒有什麼意見，反正又不是他出學費。

然而，在魔法相關的課程上，大多數的學生都不敢缺席，因為肯開班授課的魔法師是少之又少，所以對於這樣一名學生，林文自然又多了幾分好奇，只是沒有想到畢業後他竟然選擇去參加秘警署這種拘束度十足的工作，畢竟秘警署可不是說蹺班就能蹺班的單位。

秘警署的工作內容，好聽一點的說法是人間管理異界相關的工作，現實一點的說法則是——夾在五界和人間之間的夾心餅乾。在保障人間權益之外，還要兼顧不要和其他五界撕破臉。

仙界、魔界、神界、冥界、夢土。這五界和人間是鄰居的關係，而且還不是那種隔壁棟與隔壁隔壁棟的關係，而是人間是掌心，其他五界則是指頭般的構造。

這種界域構造關係可想而知，人間根本常常被鄰居登門造訪，如果都是些喜好敦親睦鄰的好厝邊也就算了，偏偏盡是些把人間當作度假天堂還免繳關稅、免過海關的偷渡者為眾！

要不是人間還有大結界存在，人間的文明科技應該根本無從建立起吧？整天被異界生物踐踏就飽了，哪來的閒情逸致去發展屬於人間自己的文化？

但饒是人間大結界存在，秘警署還是疲於奔命的全世界到處跑。各種惹不起的異界生物、背景靠山大到讓秘警署只能暗自靠杯血淚往肚吞的生物，到頭來秘警署從執法單位到莫名其妙的被當作一線人間公關單位……想來也是各種悲哀。

「這份工作辛苦了。」林文發自內心的感嘆。

「不會，我負責的是神界，祂們很少來到人間，搞不好幽浮目擊次數都比祂們來得多。」耀慶聳了聳肩，「真正辛苦的是負責魔界的前輩，魔界人多勢廣，那才真的是要人命的部門。」

「所以這次的事情和魔界有關係嗎？」林文說出了一直深藏在心中的想法。眾界都知道神魔不對盤，見個面譏言諷語是家常便飯，大打出手也是尋常慣例了，如果是魔族出手的話，只能說稀鬆平常。

「應該不是……秘警署檢驗科的同事化驗血液檢體之後，沒有發現到魔族特有的氣息，但是……血液中的神族氣息很混亂，有被神族特有法術攻擊的痕跡——」耀慶細細翻覽著檢驗科的報告。

「停！打住！就當我剛剛沒問你任何問題，你也沒有告訴我任何事情，我一點都沒有聽到什麼神族特有法術，更沒有興趣知道這件事情有幾名神族牽涉其中。」林文心中警報大響的連忙摀住雙耳。

開什麼玩笑！神族的傷勢竟然是由神族一手造成的，這要不是內亂，要不就是仇殺，而不論哪一種，他一丁點興趣都沒有！他可不想莫名其妙的被神界紛爭牽扯進去。

「總之，我只負責找人，找到人之後，就回歸我們八竿子打不著的狀態，我把那位神族交給你們，你們把我送回研究室，剩下的我不想知道也不用知道。」

看著林文固執的緊掩雙耳的模樣，耀慶壞笑了下，如此崇高的身分還想著要和秘警署劃清界線，根本沒有可能啊！

雖然林文可能沒有自覺，但在秘警署的檔案之中，他可是頗有盛名的。

在整個東方世界中，能夠和林文相提並論的召喚師可以說是少之又少。在那些召喚師當中，能夠贏過林文學術地位的人就又更少了，林文每年所發的研究論文可以說在整個神秘學學術圈影響重大。

是他奠定出了召喚法陣上的所羅門七大定則，雖然定則的原理連他自己都還無法理解，但光是如此，就已經將召喚學的神秘面紗揭開了一小角。

就在他們倆閒聊之時，林文感覺到鼻子癢癢的，同時一股沁涼感從窗外闖了進來，掠遍他的全身。秘警署的黑頭轎車此刻隱隱約約的閃動著法術特有的光輝。

「這是安全的措施。」看著林文愕然的神情，耀慶騰出一隻手搖了搖，解釋道：「別誤會了，那位神族並沒有設下任何的陷阱和詛咒，只是這個鄉村已經乾淨到讓人難以忍受了。」

「我知道。」林文淺淺的微笑，看著這美麗的臺中偏村，綠油油的稻田間，有一些痕跡只有他們這種和神秘擦肩而過的人才看得見，那是被燃燒過的跡象……

※　　※◆※　　※

終於車緩緩的停下了，看著被黃色封鎖線所封鎖的稻田，林文才剛推開車門、耀慶的驚呼聲剛從耳邊掠過的時候，原先的沁涼感在轉瞬間成為刺骨般的寒霜。

這裡的空氣沒有任何的雜質……不是物理意義上的什麼粉塵、懸浮微粒這種物質，而是神秘學中的定義。

林文深吸了口氣，過於乾淨的空氣彷彿灼傷了呼吸道般，空氣中沒有人氣、妖息，就連思念的殘留都沒有，有的只有神息——還是那種排斥天地萬物、以神界獨大的神息。

「你還好吧，林文？你的臉色蒼白得好像喪屍。」耀慶端詳著林文的臉色，關心的問道。

「不礙事，只是體會到為什麼妖怪們會能跑多遠就跑多遠。」林文用食指擦了擦鼻子，一抹血水染紅了他的食指。

看著封鎖線周遭的秘警署探員們從原先的好奇轉為驚慌的模樣，林文輕搖著頭示意沒事，但看在眾人眼裡只可以說被嚇壞了。

是啦，這裡的空氣是很乾淨沒有錯，但也算不上什麼毒氣，最多只是會略感不適、身子骨發冷罷了。大多數人頂多打幾個噴嚏、咳個兩聲也就沒事了，為什麼林文會臉色蒼白到白鯧魚的地步啊？七孔流血瞬間完成了七分之二了！這個成就達成速度不會太快嗎？他們秘警署臺中分部是要求找人過來幫忙，可不是要求再多一個重傷病患啊！

用衛生紙堵著流血不止的鼻子，林文不理會周圍的驚呼和勸阻，伸出了右手，接著原先空無一物的右手像是變魔術一般的迅速一翻，一本厚到可以勝任枕頭或醬菜石的精裝書頓時出現在手中，四道神秘的符文在書冊上烙下各種華麗複雜的圖騰，各界複雜的魔力從那本書中不斷宣洩出來。

林文看了眼召喚書所感知到的異象，開始像是尋找地下水脈一般朝四處散步了起來。

隨著林文蹣跚的腳步一點一點逼近事發核心處，手中的書冊開始發出陣陣耀眼的光輝。林文的臉色愕然，隨即用讚揚的語氣淡笑著說：「喔喔……燭臺下的陰影，不過這種藏身方法該說是膽大心細，還是重傷到無法動彈呢？」

他彷彿終於疲累般的蹲了下去，就在耀慶考慮要強行把林文架起帶離此處時，眼前的整片大地卻頓時變色了！

林文不知何時把沾染他血液的衛生紙抵著大地，口中的呢喃聲猶如流風般順著氣流捲散開來，大地發出燦爛的金色光輝，律動的光芒和林文的吟詠聲重疊在一起。

書冊猛烈的翻舞著，藏於書冊之中的基礎萬用六芒星陣回應著林文的意志，遼闊的張弛開來。

「以喚者之名，落落隱於無名之所，藏於無識之境，屏息以待覺者，吾唱名，故汝畢將應之！答之！諾之！」

明明是普通的中文，還不是那種流傳千古的西歐符文或者所羅門用的古以色列文體，但整片大地卻回應了林文的呼喚。

「這……怎麼可能！在召喚物的真名都不知道的情況下，竟然強行召喚成功了……」臺中分部的召喚師們用看著怪物的眼神，恐懼的望向林文。

召喚學上的三重鎖定，就在他們眼前被活生生的打破了。

真名、詠唱、召喚陣，明明要三者缺一不可才能夠施展出完整的召喚。這些天來，他們在這裡就是為了要藉由任何蛛絲馬跡試圖拼湊出那位神族的真名，以召喚出那位神族。但林文直接跳過了這一步，他用殘留在大地的神息取而代之真名，用最基礎的六芒星陣取代了召喚神族專用的召喚陣，直接將那位神族強行召喚！

所有人都忘記呼吸，因為那是最為泛濫、最為普遍的六芒星陣，就算召喚失敗也是理所當然的。但事實存在於眼前，直立的六芒星陣散發出濃厚的神族特有的氣息，就在眾目睽睽之下，一位擁有晨曦光輝般的金黃長髮，雪白的膚色不知是因為傷勢過重還是因為保養得宜，雙眼緊閉失去意識的神族從六芒星陣中掉了下來。

看著那和自己差不多體型的女性神族，林文的臉色微變，他是有預料到召喚會成功，但他沒預料到對方會傷重到失去意識！

而此刻，他根本不可能馬上闔起召喚書說跑就跑……看著那穿著一身沉重戰甲的身軀和那玲瓏有緻的身材，他大有一種眼前有人正大喊著「樹倒了」，而他卻只能眼睜睜的看著樹往自己這邊倒的無奈！

砰的一聲，迴響大地的召喚陣應聲停止，林文眼冒金星的和那位被召喚出的女性神族一起交疊躺在地上，在他失去意識之前，他只記得那迎面而來被戰甲所包覆住的雄偉胸部……

隨著眾人的驚呼，他完全失去意識了。

※　※◆※　※

恍惚之間，林文醒了過來，才剛睜開眼睛，就有一股安心的感覺，那是他所熟悉的氣味、熟悉的家具擺飾。他掙扎著爬了起來，才剛一晃動頭部，就有一股頭疼從額頭兩側傳了過來。

按著額頭兩側，林文狐疑的看了眼鏡中的自己，一瞬間完全看傻了眼，那活生生像是日本民俗傳說中的鬼，只不過日本的鬼是額上冒出雙角，而他則是額上腫了兩個大包！突起的模樣讓他好奇的輕觸，才剛一碰到就讓他臉色一變大喊疼痛。

到底是誰說被女性胸部夾擊的感覺很幸福？他要嚴正的提出學理上的事實證明！這根本是對太陽穴的針對性謀殺啊！

「喔喔……對胸部的殘留觸感如此意猶未盡啊?」琳恩賊笑的端著午膳打量著林文，此時的他雙手正輕按著兩端太陽穴按摩著。

「哪、哪有!這是誣衊，誰都看得出來我正在進行消腫的必要程序好嗎!」林文結巴的否認道。

「喔?是嗎?當我趕到現場時，我只看到某人將頭深埋入昏迷的女性胸口間，鼻子還激動得流出鼻血……」琳恩回想著當她接到秘警署電話時，瞬間穿越次元趕到現場所看到的情景。她看著失血失到臉色蒼白的林文，故意用手掌摀著嘴笑說:「不要只是一對胸部就讓你失血過多好嗎?如果你那麼想要的話，我是可以提供一些我穿壞的胸罩，讓你滿足你的妄想。」

「最好是啦!明眼人都看得出來我是因為無法忍受神族氣息好嗎!」林文激動得臉都紅了起來。

「誒?作為耐受性最好的人類承受不住神族的氣息?說謊也打點草稿吧。」琳恩噴笑了出來。

「就……我也很訝異啊。」林文像隻金魚般吞吞吐吐一陣，也只能哀傷的承認了。

沒有錯，人類理應不會受到各界氣息這麼嚴重的排斥，身體反應如此激烈的話，那也只是證明了自己距離人類又遠了一些。

想到這裡就有股深沉的哀傷……林文只能安慰自己說，反正麻煩事也算是畫上了一個句點，之後都不關他的事情了。

「是說……你的手機通訊錄會不會太悲情了？除了我的手機號碼之外，剩下的竟然是些材料器材商，我知道你不擅人際交流，但這也太誇張了，就連我都開始贊同秘警署的懷疑了。」琳恩將林文的手機扔了過去，懶洋洋的笑著。

「懷疑？他們懷疑什麼？」林文皺眉接過自己的手機。說實話，他真的很少用到手機……但這樣會被懷疑什麼嗎？難道手機通訊錄沒有登錄多少人也算犯罪？

「懷疑你是自閉症。」琳恩輕笑了出來，一想到耀慶語重心長的將幾位有名的精神科醫生名片轉交給她時的囑咐，就讓她臉上的笑意又加深少許。

「最好是啦！這算是毀謗！我要上告！」林文愣了幾秒，隨即氣惱的大吼出來。

「所以……為了避免你的自閉症病情繼續加重，我們家這幾個禮拜會有一位『貴客』來和我們同住。」琳恩用稀鬆平常的語氣說著，完全不理會林文的抗議，卻不忘記在貴客這兩個字上面加重語氣。

「誰？霧洹？夢魘？」林文吃痛的揉著額上的腫包。

「曦發。」

琳恩說出口的名字，林文完全沒有任何印象。

「她是誰？」林文端起茶杯輕啜了幾口水。

「就你擁入懷中的那位神族小姐啊！」琳恩挑了挑眉，嘴邊的笑意完全掩飾不住。

林文在聽到的同時，手中的茶杯掉落於地，饒是琳恩眼明手快的搶救茶杯成功，他依然聽到了某種東西崩壞的聲音。

——那是他安穩研究的象牙塔生活被徹底瓦解崩壞的聲響。

The summon is the beginning of trouble

Chap.2 研究室的末日

林文張大眼睛的聽著琳恩敘述關於他昏迷之後所發生的事情。

當他因為胸襲而昏迷的這段時間，秘警署可是全體總動員了。

被召喚出來卻完全沒有意識的曦發，在第一時間被送入了臺中當地的秘警署醫院，各種治癒法術和醫療科技全數都用了一輪，所求的就是不讓曦發在人間死去。但情況還是很不樂觀，曦發受的傷實在是太過嚴重，任何法術的成效都微乎其微。

就在大家束手無策的時候，某一位人影全然不在乎眾人目光，悠哉悠哉的推開了加護病房的隔離門，沉默的走到加護病房內，手只是輕輕一撫，曦發那嚴重的傷勢突然和緩了下來。

眾人應該是要歡呼的，只是此刻的驚訝已經完全掩蓋住歡呼的心情，畢竟選擇出手治療的人實在是跌破了大家的眼鏡。

那是眼睛和鼻子差點皺在一起的琳恩。身為惡魔女僕的她，用忍住惡臭般的表情，將所有的傷口一口氣全數治癒。

當所有人用驚訝的嘴臉注視著她的時候，琳恩將放在曦發身軀上的手緩緩抽離，用著極其無奈的神情回應：「你們的大呼小叫，吵遍了整層樓……雖然林文做研究的時候，向來是天崩地動都不會有所知覺，但這不代表你們可以考驗他的熟睡程度，我可不想看到有人吊著點滴卻仍堅持用生命做研究的奇景。」

琳恩走出病房之後，躺在病床上的曦發生理情況恢復穩定，讓所有秘警署人員都鬆了口氣。但好景不常，曦發的病情在第三天時卻急轉直下，原先已經癒合的傷口在瞬間又開始滲血破裂了開來，就在大家拿不定主意、決心去找琳恩求救時，醫院才尷尬的表示，琳恩已經在兩個小時前幫林文辦理出院後離開了！而曦發正是在兩個小時前傷口突然加劇的！

在眾人茫然無措的時候，耀慶出聲發言了。

「是有股魔力突然消失在這房間裡沒錯，現在想想……那應該是琳恩的魔力。」耀慶感受了房間裡各種五花八門的魔力之後，做出了結論：「她的傷口上面有股類似詛咒的存在，只要這股詛咒存在，傷口就極難痊癒，所以合理推斷，應該是琳恩用了某種魔族的特殊法術將這股詛咒遏止住。」

「那我們必須找回琳恩，這事第一優先。」蔣落言推開了病房門，目光掃視著所有在場人士，冷冷說道：「動作要快！」

「遵命！」所有人眾口一致。

結果，一抵達臺北火車站，琳恩推著坐在輪椅上熟睡的林文下火車時，秘警署早已堵在月臺上恭候多時了。

看著將自己圍繞在中心的陣仗，琳恩的嘴角上揚了。

「在火車站內應該是不得強迫推銷的吧？況且我也沒有意願買什麼愛心筆之類的東西——」

「琳恩，妳明知道我們是為了什麼才找上門的！」耀慶急得就像熱鍋上的螞蟻。

「小女子愚鈍，完全聽不懂啊。」琳恩故作小婦人的語氣，手卻很不給面子的掏挖著耳朵。

「我是說曦發的事！妳一走她就重傷了！」耀慶的聲音大到讓整個車站月臺上的旅客都好奇的回過頭來張望。

看著耀慶急到快哭的姿態，琳恩嫣然一笑。

「所以你們真的放心把神族託付給我這個惡魔治療？」琳恩打趣的問。

「這是不得不的決定，我們相信危急時，林文會跳出來打圓場的。」耀慶撓了撓臉頰，好吧……連他自己都很不確定。

「那就沒辦法了，既然是偉大的秘警署請託，身為小女子的我也只能照辦了。」琳恩故作猶疑了幾秒鐘，最後勉為其難的答應了。

就在眾人一陣歡呼的時候，誰都沒有注意到琳恩垂首壞笑的雙唇。

林文聽完了琳恩的口述之後，張大雙眼愣了愣，隨即又跳了起來。

「我怎麼可能打得了圓場！他們到底在說什麼夢話！」林文完全傻眼。

「我也覺得這是夢話。」琳恩贊同的點了點頭。

「然後什麼叫做小女子也只能照辦！」林文捏了捏拳，「妳最好有把秘警署放在眼裡過！」

「這……倒是真的沒有。」琳恩思索了幾秒，還是點下了頭，隨即故作內疚的用指節擦著那完全沒有任何淚水的眼眶，「但是林文你要知道，他們把這個燙手山芋扔到我身上，我心裡也是萬分懊悔啊！要不是我悲天憫人的心性一時作祟，我怎麼可能不拒絕他們？況且這樣也可以洗刷你自閉症的隱憂啊！」

「……就跟妳說我沒有自閉症！」林文感到一陣頭疼從腦海深處浮起。

——況且……別傻了琳恩，妳分明就是秉持著為生活增添趣味的角度出發吧！哪來的懊悔？別說萬分，我連一分都看不見！更別提悲天憫人……這四個字距離妳太遙遠也太陌生了！

但是他只能將這些心裡話往肚子裡吞。他很清楚，如果不是必要，琳恩不可能會對曦發出手援救，真的讓琳恩不得不出手的傷勢，那就一定是有它的嚴重性。

想到這裡，他只能悲痛的低聲說：「那位神族……我說曦發，狀況真的那麼不好？」

「聽說過『聖痕』嗎？就是會莫名其妙跑出傷口滲出血水的神蹟。整體來說很相似，或者應該用極為相似來形容。」琳恩偏了偏頭，「只是人類的聖痕不會失血致死，但曦發身上的就不一樣了，除非傷口完全痊癒，不然只要有任何一絲傷口，血水都會從那裡湧出，至死方休。」

聽到此，林文嘆息了，這種傷勢下，似乎他沒有半點拒絕的理由。

「那就拜託妳照顧了，她醒過來之後，拜託妳們兩個以和為貴，真的要出手的話，我只求妳們不要炸掉我的研究室，剩下的會客室、廚房、廁所之類的都隨妳們方便。」林文雙手合十的虔心請求著。

「嗯……刀劍無眼，有時候我也是無可奈何的。」琳恩抿了抿嘴說。

——妳已經連表面上的談和打算都沒有了嗎？

林文訝然的腹誹。

看著琳恩一副志在必得的模樣，他吞了吞口水，立刻轉頭奔也似的衝去電話機旁邊，翻找著那張過於白淨的學校通訊錄。

「不好意思……教務處嗎？我、我現在報名基礎防禦結界課程還來得及嗎？」林文著急得抓著話筒，「什麼！已經滿到連教室走廊都坐滿了？那我可以用式神上課嗎？只要給我留隻紙鶴的空位就夠了……喂！不要掛我電話啊……」

就在林文抓著被掛掉的話筒試圖挽留的時候，一隻纖纖玉手輕輕拍著林文的肩，琳恩用一種複雜莫名的神情安慰著他：「林文，做人有的時候是要懂得妥協的。」

「妥協……我還脫鞋咧！我今年一定是犯太歲！不然為什麼衰事連連啊！」林文將臉埋入掌心間哀號著。

看著林文逃避的模樣，琳恩淡淡的搖了搖頭在心中感嘆：人類的精神，有時真的是比海砂屋還來得脆弱不堪啊！

※　　※◆※　　※

結果頭幾天，林文都戰戰兢兢的做著研究。以往隨便扔的研究資料，現在他都小心的一一掃描、護貝起來，研究內容更是複製備份到網路雲端和隨身記憶體。

但曦發卻一直沉睡，遲遲未醒過來，即便傷口看上去已經痊癒。

就連琳恩都不得不開始懷疑起，林文是不是偷偷在曦發的飲食中添加了安眠藥的時候，原先停滯的齒輪開始轉動了……

那是風光明媚的一天，研究做完的林文，罕見的在辛勞的研究過程中休息了一下，鬆懈的癱在沙發上。

……啊，多麼蔚藍的天空，溫暖的陽光灑落在身上的感覺真舒服，微涼的風吹拂著臉頰，讓他的雙眼自然的瞇了起來。

但越是這般舒暢，他就越感覺到一絲古怪……

是不是有什麼不對勁的地方？

他納悶的張望四周，最後眨了眨眼，原先緊閉的下巴因為吃驚而張大到極限——他的研究室什麼時候可以直窺天空了！這不是趁他研究的時候改建成天文星象館了吧？

林文急得轉身想要開門出去看到底是怎麼一回事，手才剛碰到門把，木門就應聲倒地……但木門倒下根本就算不上什麼，映入眼簾的是，原先整齊乾淨的會客室，不知何時轉變成核爆廢墟了！

「這是怎麼回事啊！繼秘警署找上門，現在連國防部也要來湊一腳，過來測試飛彈性能嗎？」他傻眼的呢喃著。

「唷！你終於『出關』了啊，敬愛的主人。屋子都快被拆光了也影響不了你的研究，還真是忘．我．啊。」琳恩冷不防的出言調侃著，臉上帶著笑意的將手中的銀餐盤直接塞入了林文手中，「既然你已出關，那貴客就交給主人你照料了，不然我擔心我一衝動，就造成一樁命案了。」

感受著手中冰冷的銀餐盤，林文實在很想光速逃回研究室去，但琳恩那太過於和藹的微笑，卻讓他只能嚅著唇低頭走進琳恩所指的休息室。

光是瞄了一眼門縫底下那彷彿雷射光掃蕩的光芒，就讓林文想要舉手投降放棄。

望著林文的躊躇，琳恩適時的輕咳了兩聲。

「……這樣不行。」琳恩若有所思的低聲說著。

「我也覺得這樣不行！」林文喜出望外的抬頭附和。

天啊！不枉費他平常有幫忙倒垃圾，果然沒有功勞也有苦勞，琳恩不會眼睜睜看著他身陷苦難之中的！

琳恩點了點頭，身形一模糊就消失在林文面前，林文還完全摸不著頭緒時，琳恩又穿越次元出現了！她的手中玩弄著一副墨鏡，小心翼翼的將那副連價格標籤都還沒拆的墨鏡戴在了林文的眼鏡前，然後語重心長的說：「去吧，神會與你同在。」

同在個鬼啊！要不是自己的雙手抓著銀餐盤，他一定馬上把那副廉價的地攤墨鏡摔在地上！他不禁在心底吶喊著，為什麼提供飲食給寄居者會變成如此冒險犯難的事情啊！

他決心要走！但卻已經來不及了……琳恩早就貼心的把門拉了開來，燦爛刺眼的光芒頓時穿透了整個房間，林文的研究中心瞬間變得好像過去某知名料理動漫畫裡男主角打開菜餚時的情景，整座大學校園的師生都不由得轉頭看向那發出耀眼光輝的研究中心。

琳恩將看得發呆的林文果斷推進門內，同時不忘鼓勵的加了一句：「加油，我的精神也會與你同在。」

「……我不要勞什子的精神！是沒聽過同生共死嗎！出賣主人到這種地

步，妳怎麼還有臉自稱是女僕啊！」林文著急的喊叫了出來，但眼前的光輝實在是太亮眼，亮眼到即便隔著墨鏡他也看不到琳恩的表情了。

「來者何人！」

一道厲聲夾帶著千軍萬馬的氣勢貫入林文耳內。

林文單單只是聽著，雙腿就有些發軟，他咬著牙開口：「小民……不、不對啦！那個，妳先關掉光好不好？雖然現在不是晚上沒有光害問題，但我擔心路人會以為這裡從研究中心轉任燈塔了。」

「人類！？」曦發的聲音出現了一絲訝異，滿房間的刺眼強光終於逐漸收斂起來。

看著曦發的模樣，林文乾笑了兩聲，完全不知道該說些什麼才好。

先前因為在專心詠咒召喚，所以沒仔細觀察過她，現在仔細瞧看之後，雖然他自覺很庸俗，但卻真的只能用「美麗」這兩個字來形容。

符合人間對於神族所有該有的幻想，深邃分明的五官，小巧標緻的臉蛋，如金線般垂落的長髮，高䠷的身材卻不會顯得弱不禁風，隔著紗般的衣物可以看見肌肉微微的線條。

各種美麗的集合體，理論上應該會讓人無法轉移視線，但林文卻被地上發著幽光的魔法陣轉移了目光——琳恩的魔力不斷順著魔法陣的光輝流轉著，根據他對魔法陣學的基礎認知，那分明是拘束魔法陣，而且還是異常高等的魔法陣，足以將曦發的行動自由侷限在房間當中。

難怪曦發會氣得想要用光把進入房間的人閃瞎！琳恩根本是覆蓋一張光明屬性陷阱牌，等著開門的人中招啊！

看著陷入沉吟的林文，曦發露出了溫和的微笑。

「人類，你怎麼會在這裡？外頭那卑劣的惡魔沒有傷害到你吧？」曦發關心的詢問著。對於人類這般脆弱的存在，她無法想像這人會被那卑劣的惡魔如何玩弄。

傷害……精神受創算數嗎？但現在不是跟曦發告狀的時候吧，看著眼前火冒三丈的曦發，林文心底有股更深的不安逐漸渲染了開來。

他在腦海裡開始天人交戰，要是眼前的曦發得知他就是琳恩的召喚師，他會不會被瞬間秒殺？但如果現在裝糊塗蒙混過去的話，以後她得知時，他會不會連具全屍都沒有了？

思索了幾秒，林文尷尬的撓了撓頭皮，用上此生最為謙卑的語氣低聲說道：「那個……我絕對可以理解曦發妳對琳恩的怒火，但我想說罪不及妻孥，再加上我不算妻也不算孥，睿智英明的神族應該不會波及我吧？」

「所以你是？」曦發的臉色沉了下來，狐疑從眼底一閃而過。

「我是她的……召喚師。」

結果只是再次應證了光速比音速快的這項物理性質，根本還沒聽見曦發的回應，強烈的光流頓時又把研究中心變成了燈塔！林文幾乎是將餐盤放下的同時，就奔也似的逃出門外。

在門外也戴著墨鏡老神在在的琳恩，看著奔逃出來的林文，完全就是看好戲的姿態，只差手中沒有捧著爆米花了。

林文揉著因為強光而流淚的眼睛哀痛的說：「妳為什麼要把她拘束在裡面？難怪她會火冒三丈。」

「就算沒有拘束，她也還是火冒三丈啊。」琳恩攤手表示無奈。

她曾經以為自己已經算好戰了，至少有來討架打的，她都不會放過，但一跟曦發接觸過後，她才了解：沒有最好戰，只有更好戰！

她之前只是幫忙昏睡的曦發擦拭身體，雖然種族不同，但彼此都是女的，也都是用雙腳走路的直立智慧種族，她覺得沒有什麼好避諱的。可是當她用濕毛巾擦拭到一半時，朦朦朧朧的曦發緩緩睜開了雙眼，兩個人的四目交接連五秒都不到，一股白色的火焰頓時擴張開來！

要不是琳恩迅速的迴避神族特有的淨火侵襲，她大概早就被燒成骨灰中的骨灰了。她是有想要進行文明的方式調解，但對方一開口要不是主，要不就是萬惡的、卑劣的……在說第三次話又被淨火打斷的時候，琳恩終於忍不住了。

開什麼玩笑！就連名義上身為主人的林文都不曾這樣打斷過她的發言，這位還是因為她出手才存活的神族，卻不分青紅皂白的一清醒就噴出火焰，是怎樣！神族最近流行cosplay酷斯拉啊！

結果兩邊就開戰了……

在混亂之中，琳恩還在思考這點打鬧聲會不會讓林文大冒肝火的衝出來痛斥，但事實證明她的擔心完全是多餘的。

就連把研究室的屋頂炸出了一個洞，她也只看到林文熟練的調整檯燈的位置，避免太陽光的方位影響到自己的閱讀。

看著如此醉心於研究的林文，琳恩真的是各種感慨，一個閃身就避開了曦發的火焰，手臂一抓一折就制伏了曦發。望著即便被制伏也口舌不饒人的曦發，琳恩蹙眉的把她扔到了休息室裡，手中催動著魔力，瞬間在休息室地上刻下了拘束魔法陣，順便還設下一層靜音的結界。

當琳恩思索著該怎麼辦的時候，林文就恰到好處的登場了！

「妳的外表是惡魔啊……神族那群生來是有潔癖的，別說惡魔嚴禁碰觸，就連人類之中也只有聖職者才有資格撫摸裙襬。」林文感覺到頭開始抽痛了。

「怪我囉？我只是盡我照料的職責。天知道那群有潔癖的醒過來發現自己身上幾十天沒洗澡會不會也發火？」琳恩不滿的偏頭哼了聲。

這……也不無可能。林文在心底無奈苦笑認同琳恩的假設。

神族就是如此麻煩的種族，所以連他也沒有跟神族締結過契約。

六界之中，除了神族以外，他與各界幾乎都有契約。基本上只要談得來，對方願意，他便無所謂的與對方締結契約。就是因為門檻如此低，才造成他的召喚書比其他人硬生生厚了好幾吋，書的重量都快要成為可以殺人的鈍器了！

但唯獨神族……他真要召喚是召喚得出來，但卻沒遇過談得來的。在屢屢沒有締結契約的情況下，他也不強求了。

又不是什麼只要收集六界全種族使魔，就可以向神龍許一次願望的都市傳說。如果對方不想要，他也不會想要學其他召喚師用詐欺或者強求的方式來得到契約。

但……現在這種情況下，沒有同族的幫忙解釋，他總不可能每次都戴著太陽眼鏡進去房間裡吧？況且現在是白天還好，真到了晚上……他可不想讓巡邏大樓的警衛伯伯抱著熱心關燈的念頭卻因此而視力受損。

「魔界是不可能的了，神魔不對盤這一點大家都知道，不然召喚黃泉渡船人來幫忙解釋？」林文苦惱的說。

「相信我，神族感受到死亡氣息，絕對會認為你是來找碴的。」琳恩冷笑了出來。

「那夢魘呢？」林文扁著嘴，幾乎快要沒選項了。

「這我沒意見，反正夢魘被惹火的話，最多把『酷斯拉』引入夢鄉之後，就再也無法清醒了。那樣我也圖個清閒。」琳恩邪惡的笑出聲來。

「好啦，我知道了。」林文煩躁的抓著頭，講來講去最後的選項也只剩下仙界了。

如果可以，他實在很不願意麻煩到「她」，但神界和仙界素來交情不錯，況且如果是「她」的話，平心靜氣的和曦發交談，絕對沒有問題！

林文悶悶的用雙手捧著召喚書，隨著吟詠，厚重的召喚書彷彿失去重力一般，自在的翻舞著，直到某一頁才停止。那一陳舊的書頁上，時光的痕跡比其他書頁都還要來得殘破深刻。

泛黃的書頁上，中國古文的字體排序在其中，各種甲骨文穿插在八卦陣上……

「山人所域，田介之所，藉雲隱之徑，顯於形，現於境，以劍為身骨，存於縹緲之居所，二重繼名……霧洹。」

一股清新脫俗的芬芳混雜著仙霧，順著吟詠的延續而瀰漫了開來，和神族的氣息有些許的相似，但在感覺上卻又截然不同。

同樣都是潔淨，不過仙界所給人的氛圍是一種和諧共存，那是一種與髒汙融為一體的感覺；相較之下，神界就顯得霸道強硬，強行的涇渭分明。

在雲霧繚繞之中，一位嬌小的身影從仙霧內走了出來，那是一位身穿天青色道袍的小女孩，身高僅勉強高過林文的腰際，雪白的長髮綁出一道如瀑布般的長馬尾，瘦小的背上卻揹著一柄紫青色的長劍，凜然的劍氣若有似無的隱隱散發。

「林文，好久不見。」

明明是稚嫩的聲音卻用著淡泊的語氣，若是一般小孩這樣說可能會讓大人失笑，但在霧洹身上則完全沒有這種滑稽感。歲月的流逝沒有在她的肉體上留下刻痕，卻促使她在靈魂上得到了昇華。

真是奇怪……是他召喚霧洹的沒錯，霧洹的回應現身也是他所可以預見的，但當霧洹真的出現在面前時，他反而不知道該說些什麼好了。

這要怎麼解釋召喚她來人間的目的？其實是因為他們兩個都不想捅馬蜂窩，所以只好專程請她過來當名說客……若真這麼說的話，連他自己都會鄙視自己。

可是，就待在原地雙方互相大眼瞪小眼？這又不是在看誰先發笑誰就輸的遊戲！

「那個……霧洹，呃……天氣真好，呵呵。」

沉默了幾秒，林文好不容易開口了，卻是顧左右而言他，眼神完全飄忽著，不敢直視霧洹那過於澄澈如湖水般的雙眼。但是霧洹也沒有強行追問，只是平靜的眨眨眼，繼續等待著林文的下句話。

看著兩人同時收口不出聲的模樣，琳恩完全笑岔了氣，不知情的人還會以為他們倆在冷戰之類的吧？

林文聽著琳恩的笑聲，臉不由得漲紅起來，他深吸了口氣，發現不能再這樣下去了，頓時雙掌合在一起擺出拜託的模樣。

「霧洹，其實是……可以麻煩妳幫我們解釋一下誤會嗎？」林文一邊說著，一邊指著休息室。就算過了這麼長的時間，門縫底下的強光也絲毫沒有衰退的跡象。

「解釋誤會?可以。」霧洹感受著門縫底下傳來的濃烈的神族氣息，又望了眼琳恩和林文手中的墨鏡，微微的點頭允諾。

看著霧洹如此爽快的允諾，甚至連問都沒問發生了什麼事情，真讓林文的情緒有些許的感動，他隨即向霧洹解釋整起事件的來龍去脈，在解釋的過程中，琳恩不時笑出聲，但霧洹只是恬靜的露出淡笑注視著林文。

「我知道了，我試試看吧。」霧洹在聽完後，連墨鏡都沒有拿，隨即自行轉開了休息室的門把，強烈的光芒頓時將她那矮小的身軀淹沒，但她完全沒有半點慌張的關上門。

室內又瞬間恢復了寧靜，林文和琳恩兩人面面相覷，不約而同的拿起了空茶杯，抵著木門嘗試去聽聽任何的隻字片語，但卻仍然沒有半點聲音，沒有咒罵聲，甚至連呼吸聲都沒有聽到！

「裡面該不會是一氧化碳中毒了吧?」琳恩狐疑的猜測著。

「別傻了，劍仙和神族因為一氧化碳而昏迷，這絕對會笑掉六界所有人的大牙的。」林文怔住了。

這……應該不可能吧？但現在為什麼裡頭會這麼安靜？

正當兩人在納悶的時候，門自動敞開，兩人的動作尷尬的僵在半空中，連空茶杯都還來不及收。

霧洹牽著曦發的手，圍繞在她們身旁的光線柔和。看著曦發欲言又止的神情，林文搶先開口了。

「那個……身體好多了嗎？」

「好多了，據說是你把我召喚出來的？」曦發注視著林文，彷彿想要用雙眼洞穿林文的頭顱般的程度，「……謝謝。」

聽到曦發的道謝，林文瞪大著雙眼，不敢確信自己雙耳所聽到的話語，但琳恩那詫異的神情，證明了自己確實沒有聽錯。

「不、不會。」他的心中越來越好奇霧洹剛剛到底在休息室裡頭跟曦發是怎樣解釋的了，這個前後變化……說是人格分裂還比較有可信度。

「至於妳——」曦發的語氣一變，雙眼凌厲的瞪向琳恩，「剛剛會落於下風，不過是因為我身上帶傷，等到我傷勢痊癒，我就讓妳體會什麼叫邪不勝正！」

琳恩原先掛在嘴上的制式化客套微笑，頓時收得一乾二淨，她垂下了眼簾，冷冷的說：「慘敗就慘敗，還落於下風咧？神族的自我安慰技能也太高了吧。」

「妳！不知好歹！」曦發聽到後，手腕一翻，一柄銀色的長槍頓時出現在手中，帶刺荊棘如螺旋般的纏繞在長槍槍桿上，銳利的鋒刃彷彿可以撕裂空間一般。

「妳！顛倒事實！」琳恩也不甘示弱的抄起了門後的掃把，神情中完全沒有要退讓的意思。

看著戰火又一觸即發，林文的頭感到一陣暈眩，踉蹌了兩步，但一雙小手適時的從後方扶住了他。

「林文，你還好嗎？」霧洹一臉天真的關懷著林文。

「我？嗚呼哀哉！」林文哭喪著臉的看了看霧洹如此天真無邪的雙眼，又對比另外一端那兩對殺紅的雙眼，他突然發覺到和平的歲月，原來距離他已經如此遙遠了。

※　　※◆※　　※

結果又是一場戰鬥。林文望了眼只剩廢墟和兩面牆壁的研究室，這已經脫離家徒四壁的程度了！但就算如此，那兩位「英雌」也只是稍作歇息，完全沒有讓步的意願，大有那種再大戰個三百回的氣魄！

看著已經從研究室變成危險建築的房間，林文認命的抱著一疊研究材料和筆記型電腦，放棄了研究中心，果斷的選擇了最近的飯店進駐研究。

不要問他為什麼不去制止那兩位女性的戰爭，神魔之間的偏見，大概就跟貓狗之間的關係頗像。當然，也是有和睦相處的貓與狗，但不能否認的是絕大多數都是互相敵視的。

而神魔之間也是如此，曦發幾百年來都是在神族那僵化的思想中培養出來的大腦，偏偏又撞上字典裡缺了「忍讓」、「妥協」等相關字眼的琳恩……老天！說實話這真的很愚蠢，兩邊加起來搞不好歲數都超過了兩個世紀以上，竟然還會身陷這麼無腦的鬥爭之中！

想到這裡，林文就不由得嘆息了。如果曦發和他簽訂契約的話，他會嘗試去調解看看，但眼下的情況是曦發再過不到幾個禮拜就要傷癒回神界，那他還是摸摸鼻子躲到一旁繼續研究好了。

至於研究室？反正要修補兩面牆壁跟重建似乎也沒有差很多了，那就隨她們鬧去吧……

所以，當林文帶著霧洹拉著兩個行李箱時，他心中實在是各種感慨，順著電子門鎖的綠色通行燈，映入眼簾的是高級的比利時地毯，和鬆軟的白色床鋪，小小的房間內幾乎應有盡有，提供人暫時住居所需要的所有一切。

「林文，你不打算回家了嗎？」霧洹坐在飯店的床上，鬆軟的床頓時凹陷了一塊，她雙眼看著蹲在地上，埋頭整理行李箱中文件的林文。

「我……是有家歸不得，我有考慮過家暴專線，但要鎮壓住她們兩個，派調解人員可能不夠，要的話大概要派全島國的秘警署來會比較實際。」蹲著整理文件的林文背影抖了一瞬，語氣極其悲涼無奈。

「所以這裡是新的居所嗎？」

「不是，這裡只是我暫時的避風港，我只要在這裡忍受到曦發回去神界就可以了。」林文懷抱著最後的希望期盼著。

但一陣急促的敲門聲，完美的粉碎了他最後的美夢。

雖然還不知道敲門的是誰，但單單是敲門的頻率和力道，就讓他的心揪了一下，他才在不久前聽到了和這近乎相同的律動，而那次的開門成為了他近幾年來最後悔的事情，沒有之一！

不開門！這一次打死他都不打算開門！

傻子才會開門！應該就是他心中所猜想的那人沒錯，猜錯也沒有差！反正門外真是琳恩或者曦發大概也不屑敲門，早就把房門踹飛了！對方既然沒有踹飛門，而他又是掛保證的在人間以沒有朋友著稱！在來者絕非客人的前提下……他決心還是充耳不聞好了！

緊湊的敲門聲好不容易終於停歇了，當他鬆了口氣的時候，門把上的高科技電子鎖卻自動從上鎖的紅燈跳切成了開鎖的綠燈！

隨即他跳上床縮起腳正打算拿起棉被蓋頭躲藏，一隻滿是粗獷金屬飾物的手把高舉的棉被攔了下來。

「林文副教授，我又不是地下錢莊，你犯得著這麼恐懼嗎？」耀慶不禁露出苦笑。

「幹！地下錢莊都比你還要和藹可親！那些地痞流氓跟你相比更都是傑出

青年！」林文臉紅脖子粗的怒吼出聲。

就是因為眼前的這號人物，害他有家歸不得，甚至得忍受飯店那種和成本不符比例的飲食，要知道琳恩隨手做的料理就勝過那些主廚不知多少倍了……更重要的重點是，再這樣延宕下去，他的研究進度遙遙無期啊！

「我知道你有很多委屈，今天我前來就是告訴你一個好消息的，神族來信了，說近期內會派遣來使將曦發接回神界去。」耀慶試圖安撫林文的情緒。

但林文只是氣紅了眼，忿忿的偏轉過頭去。

「所以……政府官員他們希望，你可以在這段時間照顧好曦發，讓她能夠平心靜氣的養傷，如果能讓她的皮膚吹彈可破、容姿煥發，那就最好了。」耀慶拿出一張有政府大印的紙張，順著紙張上的含意默默的補上了後半句。

——你們乾脆說希望她可以入選世界小姐選美比賽好了。

林文原先削弱的怒火又高漲了起來。

「所以是要我去買保養品的意思？」林文沒好氣的說。

「白話點的說法是指希望在神界來使到來之前，讓曦發活動筋骨的時間盡量減少，基本上秘警署內也是持一樣的看法，最近她活動筋骨的方式有點讓長官們膽顫心驚。」

耀慶一邊說著，一邊將手機掏了出來，手機上正是轉播的畫面，琳恩和曦發兩個人正在畫面中打得難分難解，看得出來短時間勝負還難以揭曉……

看著耀慶的手機毫不隱諱的表現出自己被監控的含意。林文反而皺起雙眉了，他知道秘警署不可能完全放手把曦發交給他們照料，但這種直接二十四小時被監控的感覺，卻也好不到哪裡去。

林文臉上不滿的情緒逐漸加深，盡看在耀慶的眼底，他直接當著林文的面，就將剛剛那張寫得滿滿的公文揉成一團紙球。

「我知道琳恩只是在鬧著玩，畢竟只要她願意，曦發隨時都會陷入流血不止的局面，所以對於上面各種無謂的緊張，我倒是沒感覺。」耀慶攤手聳聳肩，接著話鋒一轉：「只是關於她身上那股類似詛咒的傷口，根據我最近的調查，情況有些讓我驚訝。你聽說過聖殤嗎？」

聽著耀慶的發言，林文和霧洹不由得露出了匪夷所思的表情。

那是什麼？可以吃嗎？他們從彼此茫然的眼神中看出同樣的疑惑。

※　※◆※　※

滿目瘡痍，破碎的磚瓦和殘斷的牆簷交疊錯落，和周遭美侖美奐的完好建築物形成了強烈的對比。即使如此的突兀詭異，卻沒有任何圍觀者，有的……就只有飄浮在半空中的兩抹人影。

湛藍的天空下，一道白色的火焰順著白雲的縫隙竄出，如果沒有仔細瞧的話，根本無從發現。

眼看那道火焰就要沾燃上來時，琳恩卻早好整以暇的把從死角竄出的神界淨火一手揮散，白色的火花如同落星般隕落，站在火花散亂中心處的她，看起來異常的美豔動人。

「妳的火焰，越來越溫吞了啊。」琳恩抖了抖夾雜在指縫間的殘火，果然不是錯覺，原先的炙熱隨著戰鬥時間的拉長，早已高溫不在，就連發出淨火的曦發本人，臉色也蒼白了許多。

「要妳管！我只是不適應人間的氣候！」曦發嘴硬的回話，卻讓琳恩聽了搖頭嘆息。

——小姐要撒謊也打個草稿吧？妳說妳不適應人間的氣候，但隨著戰鬥時間的拉長，照理來說妳應該是越來越適應才對，火勢也應該越來越驚人才合理，但事實卻相反。只能說神族的好面子真的是祖傳的，都到了這個地步卻沒有半點打折的餘地，真不知道該說佩服還是笨蛋。

「我說妳到底在想些什麼？」琳恩咧嘴好奇問道。

「我聽不懂妳在說些什麼。」曦發高舉火焰的手停了下來，她不解的看著琳恩。

「喔……那我說清楚一點好了。」琳恩按摩著因為和曦發的過招而痠痛的肩頸，直接把心中所想全數說出口：「妳為什麼這麼迫切要回到神界？甚至急到毫無意義的跟我宣戰，試圖把全身的魔力耗盡，就只是為了讓人間大結界把妳送回神界去。這種近似自殺的舉動，若不是神族視自殺為萬惡之首，我一定會以為妳睡成豆腐腦了。」

曦發在半空中的身子因為琳恩的話語衝擊而撼動，她手掌中的淨火頓時靜默湮滅。

這是首次，她盯著琳恩的臉色露出了動搖和驚訝……

望著曦發一直堅定不移的神情終於變化，琳恩加深了臉上的笑意，「看樣子我猜的應該沒有錯，所以……妳願意和身為惡魔的我打個賭注嗎？」

曦發聽著琳恩的發言，靜默了數十秒之後，才又緩緩開口了：「……打什麼賭？」

琳恩咧了咧嘴，壞笑的繼續說下去：「就賭……人性的善惡？也許在神族眼中，人類都是貪生怕死之輩，但我就賭林文——也就是我的主人，他不只會讓妳在人間養傷到痊癒之外，還會負起把妳送回神界的責任。」

曦發緊皺的眉頭更加深了起來，「妳到底懂不懂，惡魔！我留在人間會給人間帶來紛爭的，甚至有可能會傷害到妳的主人，他就算不為自己的安全，也會為了人間的祥和而把我趕回神界的。」

琳恩愉悅爽快的聳聳肩，「放心吧，他不會的，什麼自身的安全或人間的祥和……在他眼中根本不值一提。」

「那他到底在乎什麼？」曦發困惑了。

「嗯……除了研究之外，大概就只剩研究和研究了。」

「……」

The summon is the beginning of trouble

Chap.3 這不就是……後宮嗎？

華美的大樓中，各種歌頌神族的擺飾和裝潢林立，挑高設計的天花板高掛著古典風的燈架，林文和霧洹兩人活像是劉姥姥逛大觀園一般，臉上浮現各種傻眼和困惑。

「林文副教授，這是秘警署特地提供給你暫時的居所，琳恩和曦發她們不久後就會趕過來。」耀慶將房間的鑰匙遞給了林文。

……趕過來做什麼？拆除作業嗎？林文挑了單邊眉在心中納悶道。

「我覺得……秘警署提供帳篷可能會比較實際，雖然可能要買個幾十套帳篷，但比起重建費用絕對是划算許多的。」

林文提的建議讓耀慶大笑了出來。

「說實話我也這麼想過，但上面認為不可怠慢了曦發，所以就只能這樣了。」耀慶笑到眼角都含淚了。

「林文！你看這個是什麼？」霧洹自己逛到裡頭，驚奇的大喊問道。

耀慶好不容易才收拾起笑容，拍了拍林文的肩膀，退出了房間。

林文撓了撓花白的頭髮，推開了霧洹所在房間的門，那應該是……淋浴間吧？只是這淋浴間的大小都快要可以跟他的會客室相提並論了。

看著宛若瀑布般的水流正從天花板落下，濃厚的水蒸氣夾雜在其中，霧洹整個人早就全身都淋濕了，若隱若現的身材曲線表露無遺。

林文看到此狀，吞了吞口水，連忙撇過頭去。該死！他絕對不是什麼蘿莉控！再說霧洹也只有外表看起來年輕，真實的年紀都可以當他的曾曾祖母去了！

「林文？你在做什麼？」霧洹眨了眨眼看著背對著他的林文，撥開了貼在臉頰兩側的髮絲。

林文都還沒說話，一句壞心眼的話語就從門口傳了過來。

「林文他啊，大概是色慾薰心吧。」

琳恩斜倚在門邊，探了眼林文那紅潤的臉頰，壞壞的咧嘴笑出。

「誰跟妳色、色……什麼心！我只是……男女授受不親！」林文結巴的否認著，隨即衝出了淋浴間。

任由林文衝出淋浴間的琳恩，微笑的把淋浴間的房門帶上，看著霧洹，遲遲沒有說話。

霧洹見狀，一個彈指就把全身的水氣彈落，從容的關掉水龍頭，「嗯……林文怎麼跑出去了？」

「誰知道？只是外頭過不久應該會很熱鬧。」琳恩臉上掛著微笑，意有所指的看了眼門。

「熱鬧？」霧洹看著琳恩的笑靨，不知道為什麼，她的內心突然生起了替林文默哀的念頭。

「對，熱鬧。」琳恩賊笑的蹲下身，對著地上殘留的水窪注入了魔力，原本映出天花板的水窪，頓時浮現出一幅景象，水窪中的林文正和另一位人影交談著。

「這是……水鏡術，琳恩妳連仙界法術也熟知啊。」霧洹馬上就看出了這是什麼法術，心中不免有些驚訝。

「真是的，身為林文家的女僕，這種事情略懂略懂，也是很正常的。」琳恩不知從哪裡生出了爆米花和可樂，還很順手的遞了一份給霧洹。

霧洹淡笑的接過了爆米花，嗅聞著濃烈的奶油香，輕咬了一小口，雙眼頓時大放異彩。她一邊吃著爆米花的同時，也自然而然的跟著琳恩一起觀看起水鏡中的景象了。

林文面紅耳赤的退出淋浴間，他臉上的漲紅都還沒有消退幾分，就又撞到了另一個人……

林文吃痛的撫著鼻子，正想要抬頭看問是哪位仁兄跑去客串木頭擋路的時候卻又愣住了。盯著眼前不發一語的曦發，林文感覺到喉頭有些乾，她看起來比起之前離開研究室時氣色好了許多。看著曦發的臉色恢復了紅潤，林文實在很想恭喜她的健康狀態。

……但前提是要真是如此啊！林文很難不去猜測這紅潤其實是被琳恩氣到腦充血的。

如果真是如此的話……他實在很想拍曦發的肩表示，她的不爽他絕對是感同身受，但她只需要忍受這短短一個月，而他可還要忍受後半輩子，看在有人比自己還要悽慘的分上，就含淚吞下去吧！

「林……文！」曦發終於開口，咬了咬牙，她猛然吼了出來，語氣與其說是請求，更不如說是命令比較恰當：「我可以留在這裡……給你添麻煩嗎！」

——妳不是一直都在給我添麻煩嗎？

林文窘迫了，他光是感受到一股魔力若有似無的偷窺著，耳中就幾乎可以聽到琳恩那傢伙的竊笑聲。

眼下這情景絕對是琳恩那傢伙慫恿的，他幾乎百分之一百篤定。

深呼吸了一口氣，林文百般無奈的搖頭。看著林文的搖頭，曦發了悟的頹下雙肩，正要轉身離去時，林文說話了。

「也算不上什麼麻煩，妳受了傷是事實，這道傷口……反正我確定神族既不會自殺未遂，也不可能有自殘舉動，我也管不上是鬥爭還是暗殺之類的，總之先養好傷吧。如果妳在離去這裡之後，重傷不治……那才是給我最大的麻煩。」

「我可能會害你身陷苦難之中。」曦發怔然的說。

「嗄？苦難？那是什麼？能夠吃嗎？」林文不以為意的擺了擺手，隨即用只有他們兩個才能聽見的音量說：「反正從我當上琳恩的主人之時，我就學會認命了，這樣對心血管會比較好。」

「她……我會拯救你脫離惡魔的暴政的！」曦發眼底的光芒一閃而過。

看著曦發眼底閃爍的光澤，林文是確實有感動到。曾幾何時這等雄心壯志也存在於他心中，直到他了解到妥協是比較現實的做法……

「我絕對會把你從那惡魔手中搶過來的！」曦發怒瞪了一眼淋浴間。

……等等，這會不會矯枉過正了？林文愣住。

感受到曦發的氣勢，淋浴間的琳恩也完全沒有半點示弱的意思，夾在中間的林文突然感受到兩股淩厲的視線在自己眼前激盪炸開。

「好啊，妳就試試看啊！朕不給的，妳就來搶搶看啊。」一直在竊聽的琳恩笑容僵硬的推開了門扉，門扉用力的甩盪撞到牆所發出的強烈撞擊聲，彷彿宣告了兩個女人的戰鬥又要開始。

……現在演的又是哪齣戲啊？林文雙唇微張，正想開口勸架時，各種法術就從自己的眼前掠過炸開，林文又張了張嘴，最後還是選擇什麼都沒有說的黯然退開。

「所以我就說買帳篷比較實際啊……」林文熟練的躲到角落用食指在地上畫圈圈。

「林文……你真的很搶手。」霧洹摸了摸林文的頭，默默的替他補上最後一槍。

「這種搶手，我根本不想要啊！」林文將頭埋入了雙掌之間哭號。

原本以為這場又會是琳恩大獲全勝，結果只能說秘警署提供的房間還是有它的獨到之處，至少在各種神族圖騰法陣的加護下，曦發竟然能夠和琳恩打到難分軒輊的程度！

林文揉了揉眼睛，不敢置信的看著僵持住的兩人，琳恩似乎很滿足的扭了扭筋骨，她確實很久沒有打得這麼痛快了；而曦發雖然是仰仗著外力才勉強抗衡，但她卻沒在意這些。兩人相視而笑，似乎有些惺惺相惜的感覺……

「所以……她們會就此和平相處嗎？」霧洹好奇的問道。

「能這樣是最好了。」林文無奈的回應著，只能說第二次還是有好一點的，至少有霧洹在，他不用再擔心會被流彈法術波及到。

「那沒有的話……林文你要制止嗎？」霧洹採了林文一眼，背上的紫青鋼劍一抖動，隨即把散落的淨火擋拒於外。

「當然是不要。」林文擺了擺手，難得兩人可以打得這麼難分難解，他為什麼去拆散這一對苦命……鴦鴦？就像耀慶說過的，琳恩和曦發的對打充其量不過是打鬧程度，只要不要鬧得太誇張，他也就不計較了。

除此之外更重要的是，這房子好結實啊！

興許和霧洹的防護也有關係，但這些都不是重點，林文他一點都不計較是什麼原因，說實話只要房子不垮，他又不會莫名其妙被坍塌的天花板擊殺的話……那此時不研究，更待何時？

「霧洹，如果又打起來，那我的身家性命就靠妳成全了，基本上只要我的房間不垮，剩下的隨她們倆拆我都沒意見，反正這屋子也沒有登記在我的名下。」林文不負責任的囑託完霧洹，隨即抱著一行李箱的研究材料和筆電，直接鑽入了最近的空房間了！

看著林文遠遁的背影，霧洹木訥的點點頭，背上的紫青鋼劍頓時飄浮了起來，守在林文的房門口，隨時準備把接下來不長眼的法術擋下……

但是……卻沒有接下來了。

琳恩和曦發就此結束了爭鬥，兩人依然會冷言諷語，但卻不再大打出手，既然武嚇沒辦法分出勝負的話，兩人的重點不偏不倚的轉移到文攻上。就是因為如此，所以林文現在才會看著眼前的兩盤餐點，莫名的再次頭疼了起來。

他只是想要出來上廁所而已，難道現在是連上廁所都要先派出式神探路的意思嗎？

林文看了眼置於原木餐桌上的兩盤白色瓷盤，一盤是簡單方便取食的三明治，佐料有牛肉乾、蔬菜、培根、番茄等放久點也不會有衛生顧慮的料理；另一盤則是五顏六色煞費苦心烹調的雜菜炊，各種蔬菜伴隨著濃郁的起司，光是嗅聞就讓人食指大動。

如果可以的話，他會想要兩盤都吃掉，但問題是……眼下他並不行！是什麼時候，連吃什麼都會影響到這兩個女人戰役的勝負？

他很納悶，非常非常納悶……

「林文當然會選我的三明治吧？畢竟我可是深知林文的研究習性，那種放冷就沒有胃口的食物，還是算了吧。」琳恩燦笑著把自己所做的三明治往林文胸口方向推了一點。

「呵……難怪林文會這麼骨瘦如柴，是有沒有聽過天天五蔬果？那種又是醃製又是乾燥的食物，妳分明居心不良，意圖謀害主人健康。」曦發甩了甩髮尾，把熱騰騰的雜菜炊也跟進的往前推了少許。

「可笑！林文自己不運動，那種高熱量飲食分明只會讓他變成一隻腦滿腸肥的豬！」琳恩冷哼一聲。

「那妳用各種加工食品做的料理，怎麼看都是想要讓他身體變成骨瘦如柴的木乃伊！」曦發惡狠狠的瞪著琳恩。

「林文！你到底選哪一個！」

兩個人怒視一眼，隨即心有靈犀的同時吼了出來。

……所以現在是要他選擇當豬還是當木乃伊嗎？林文臉上掛著苦笑，卻只能在心裡腹誹，完全沒辦法提出抗議。

面對著兩位女暴君，他實在很無奈，他明明是琳恩的召喚師，也算得上是這間房子名義上的主人，卻不論對上誰都無力反抗，能夠如此窩囊悲催，算不算得上是一種才能啊？

感受著兩道炙熱的視線，林文只能低頭將視線放在盤子間不斷游移，明明他是如此苦惱，但卻有另外一人對於這兩盤食物都極富興趣，望了眼坐在一旁眼光不停閃爍的霧洹，他腦中靈光一閃而過。

「這個……其實我剛剛答應了霧洹，午餐要吃她特意準備的飲食，霧洹妳還記得這件事情嗎？要是忘記了也很正常啦，這種小事不用在意。」林文額上冒著冷汗，急中生智的抓著在一旁對兩盤食物都很有興趣的霧洹當擋箭牌來用。

「我？喔、喔也不是不行，可是我的食物……」霧洹被三對眼睛同時望著，有些困惑的望了望林文。

「任何飲食，我都可以接受，畢竟我已經承諾妳了。」林文抹了抹額上的汗水。

霧洹似乎有些難言之隱，但在林文的強硬要求之下，她將自己儲物袋裡的東西一古腦全倒了出來，各式各樣的礦石如同一座小山般傾出，赤銅礦、紫晶石……甚至連外星隕鐵也夾雜在其中。

站在幾乎是和她身高一樣高的礦石山中，霧洹找尋著東西。看著她如此認真的神情，林文的嘴角有些抽搐。

拜託……千萬不要跟他說，劍仙其實是吃石頭過活的！

就在林文不停祈禱時，霧洹猛然停止了身體的動作。

「找到了。」

霧洹千辛萬苦的從礦物山中把一個藥瓶拔了出來，介紹道：「……這是餓月丹，仙界都是靠這種丹藥來飽食的。」

「雞躍丹？」林文愣住了，這跟雞的跳躍有什麼關聯嗎？

他一邊猜想著，腦海中頓時浮現出一隻隻公雞排隊有序的跳過玉瓶的畫面，整個就……很匪夷所思。敢情仙界不流行數羊而是盛行數雞？

「是饑．月．丹，仙界特有的飲食，為求長生不老所服用的丹藥。」琳恩一邊冷笑，一邊將自己的三明治拿了回來。

「據說是將千百萬種草藥的精華精粹出來的丹藥，小小一枚就可以抵得過一餐的分量。」曦發露出微笑，把自己所做的雜菜炊也捧了回來。

「只是……據說味道苦不堪言，比起黃連、苦瓜的苦澀，更是遠超兩者到看不見車尾燈的地步。」琳恩和曦發又是異口同聲的說著，兩人眼底的笑意根本沒有絲毫隱藏。

——妳們一定要在這種事情上這麼有默契嗎！

林文無言的在心中哀號後，伸出了不斷顫抖的手掌。

看著臉色蒼白的林文，霧洹猶疑了幾秒，還是緩緩轉開了饑月丹的玉瓶。

然而只不過是開個瓶蓋，在場的除了霧洹，剩下的三人臉色都微變了。

單單只是氣味就讓人苦到感覺鼻子快要掉下來般，胃翻騰著油然而生的噁心感……琳恩不知從哪裡摸出了口罩說戴上就戴上，曦發腳底下光芒一閃，身後頓時展出由光所排列的六翼，以背後的六翼優雅的摀住口鼻。

而林文就只能不顧顏面的用手緊摀著鼻子，嘗試著用嘴巴呼吸，但光是用嘴巴呼吸也讓他的舌頭痛苦得捲曲了起來。

這味道……真的真的太苦了！

霧洹苦笑著，倒出了一枚饑月丹，輕柔的置於林文不斷抖動的掌心上。

但只是接觸，就讓林文感覺到掌心附近的細胞都在哀號著。

他吞了吞口水，眼睛一閉，手掌一彈，饑月丹直接爽快的飛了過來。但不知道是林文太過緊張，還是他閉著雙眼的緣故，小小的黑色丹藥就這樣畫出拋物線，直接鑽入了手掌和面孔之間的縫隙……也就是他的鼻腔內。

一股直達腦門的臭味，讓林文連反應都還來不及，便雙眼一翻，整個人昏了過去。

「林文！」

驚呼聲四起，但林文早就什麼都聽不到了，她們三人的叫喊距離他已經是很遙遠的彼端了。

林文意識朦朧的睜開了雙眼，苦澀的味道又幾乎快把他弄暈了過去。

「拜託別再暈死過去了，你已經醒了又暈、暈了又醒七、八次了。」琳恩拿起常放在廁所的明星花○水，像澆花般瘋狂的噴在林文臉上，刺鼻的濃郁香味瀰漫了整個室內，「吶……怎樣？仙界的飲食還想嘗試看看嗎？」

林文瘋狂的搖著頭，就像是波浪鼓一般，「天啊……難怪霧洹對什麼都說好吃，跟那饑月丹相比，就算是苦瓜也是人間美味啊！」

「誰叫你要把霧洹拖下水，自作孽。」琳恩嘴角微彎了起來。

「那還不是因為妳先把我拖下水！不然妳們嘗試把火力轉移到霧洹身上去啦！反正霧洹閒著也是閒著，她可以陪妳們戰到天荒地老也沒有問題的。」林文不滿的回話，他感覺他快要把自己人生的昏迷次數全部花在這幾天當中了。

「你問我哩！還不是某人柔弱到讓某某人想要拯救的原因，要不是某某人突然跳出來說要給某人好好補一補，順便還譏諷我做的食物——」琳恩話說到一半，哼了口氣就不爽再說下去了。

「那某某某人可以不甩某某人啊！」林文惱怒的搶過香水，將鼻子放在香水瓶前，試圖把那被蓋過的苦澀繼續掩蓋下去。

「某某某人為什麼要體諒某人？」

琳恩吐出了舌頭，乍看之下很俏皮可愛，但林文完全沒有欣賞的心情。

「因、因為……我的研究進度快泡湯了啦！」他淚腺脆弱的哭訴：「我從來都不知道沉浮於學海是這麼難能可貴的事情！」

「你現在才知道我對你多仁慈。」琳恩驕傲的說著。

……那不是應該是理所當然的事情嗎！林文握了握拳心想道。

「做好期待吧，曦發和霧洹出門買菜了，她們說等你醒過來要做好滿桌的菜，慶祝你的清醒。」琳恩笑了笑，但這兩人對於人間的飲食都不是太了解的情況下，她真的很好奇她們會買些什麼材料回來，「至少這一餐你可以不用這麼心驚膽顫。」

「言下之意是……其他餐就不保證的意思了？」林文哀傷的回應。

「呵呵，誰知道呢。」琳恩微笑了兩聲，「趁著她們倆出去，有些話我想要跟你交代，你知道曦發的傷口的含意嗎？」

「最近才剛知道，那些傷口是由神族的法術所造成的。」林文運轉著因為苦澀而遲緩的大腦，試圖回想起耀慶和自己所敘述的驗傷報告，「怎麼了嗎？」

「但那其實是靈魂的傷口，說白一點有點像是墮落，這樣子有讓你稍微提起興趣嗎？」琳恩蹺起了腳，悠哉的等著林文的答案。

「興趣？這件事情跟所羅門的法則有關係嗎？沒有的話為什麼我會感興趣？」林文詫異的回答，「如果是曦發的傷口是怎麼造成的，我不主動過問，那可是紳士的禮節。」

這件事情說距離他遙遠也很遙遠，說是他身邊事也算得上是這麼一回事，初步了解的內容，應該是有很多內幕夾雜在其中，但問題是他從來都不是熱心助人的慈善家，更不是什麼看到難題不解就會混身發癢的推理狂。

假如對方不想讓他得知的話，他也犯不著去推敲出事情的始末，畢竟他……太懶了，連動腦都懶得動，所以乾脆以不變應萬變為上策。

「嘖嘖，紳士的禮節？我看是宅男的懶惰吧！」琳恩用白眼看著林文，一臉的輕視表露無遺，「你這種非得要侵門踏戶才有所反應的恐龍神經反射，讓我和霧洹這種弱女子，怎麼安心與你維持契約呢？」

——妳和霧洹算弱女子的話，那一般人不就是玻璃捏成的，一碰就碎？

「我就當作沒有聽到弱女子這種笑話好了。」林文乾笑了兩聲，眼底堅定的看向琳恩說：「就算簽訂了契約也不代表我就擁有干涉妳們的權力，當然……如果妳們需要我的幫助，我是絕對不會婉拒推辭的。」

「所以……到頭來還是要先騙到契約才行。」琳恩蹙眉的喃喃自語著。

「妳在說什麼？」林文完全是有聽沒有懂，什麼騙到契約？

「沒、沒事。」琳恩站了起身，展現出一如以往的笑容，轉身走出了林文的房間。

「到底在搞什麼啊？」

林文困惑的看著琳恩離去的背影，完全摸不著頭緒。

※　※◆※　※

人來人往的超市裡，霧洹和曦發的身影很是引人注目。一位身材高䠷、五官深邃，另一位身材嬌小、氣質出眾，乍看之下會以為是一對母女，但一走近聽到她們兩個的對話，就可以發現似乎不是這麼一回事。

「霧洹，這些是吃的嗎？」曦發看著內臟區各種高掛的臟腑胃腸，旁邊又是牛頭又是豬頭……淡淡的血腥味夾雜著寒冷的濕氣不停漫出，她詫異到完全無法走入生鮮區，「這應該是拿來做勸誡教育區吧？」

就是那種父母最常拿來恐嚇小孩，如果做壞事的話會被抓到地獄去之類的輔助教育用途的場地吧。

「臟腑應是補身養氣的食材，我們還是買一些吧。」霧洹回味起剛入仙門時的《養身經》，上面記載著有關於食補的內容，印象中臟腑本身對於體力衰敗的病患是有所助益的。

「可林文需要養氣嗎？我以為他需要的是換氣。」曦發愣了一會，不太肯定的說出疑惑。說實在的，她實在不太理解關於仙界的氣脈調養之理。

那種縹緲虛幻的能量……真實存在嗎？

「換氣？意思是指男女雙修交流氣血嗎？」霧洹眨眨眼，直接說出腦海中符合有關於「換氣」的學識。

「男、男女雙修！」曦發臉紅的喊了出來，看著超市裡所有婆婆媽媽都頓時轉過頭來時，急忙恢復了冷靜。

雖然她不是很懂氣脈調養，但男女雙修所指為何，她還是知道的。不過她完全沒有想到的是，霧洹可以用如此理所當然的神情說出口。

看著曦發嬌羞的模樣，霧洹反而不解的偏斜了頭。

對於不講究男女情愛的仙界而言，雙修就……真的只是雙修。只是男女生將自己的氣血互補，用以補足常年修仙下所無法顧及的部分。畢竟男性修仙無可避免會盛陽獨大，女性則反之亦然，在這種身陷瓶頸的時候，雙修是個很有效率的做法。

至於雙修過程中所發展出的情愫，那不過是心性不堅，怪不了任何人。如果連雙修都過不了情關，那等遇到那些狐仙、媚妖，不也逃不出毒手？

聽著霧洹的解釋，曦發沉默了一會才喃喃自語：「原來仙界比我想像中的前衛啊。」

「什麼？」霧洹手中端著豬肝，抬起頭來回盼。

「沒、沒事。」

兩人就這樣漫無目的的在超市裡閒逛購物，就結果而言，琳恩其實猜得沒錯——她們兩人看著每一道食材都覺得既陌生又熟悉。

熟悉的是……她們都有看過琳恩端上餐桌過。

但陌生的是……怎麼每一樣食材都長得如此相像！

那些葉菜類蔬菜看起來似乎各有特異，但誰知道哪些部分是可以煮食用的？看著來來往往的婆婆媽媽們熟練的把玉米外殼剝去、花椰菜基底摘去，她們兩人只能依樣畫葫蘆的跟進，但連她們自己都不知道買這些東西回去到底能做些什麼料理。

反正最後就是淪為……大家都在搶的，她們跟著去搶；大家都不想要的，她們也就跟著不想要。

結果看著推車上滿滿的食物，不只是櫃檯人員，連她們自己都有些困惑。剛剛突然喊出什麼牛奶特惠，結果她們就跟著人群一起搶牛奶；然後緊接著又是什麼干貝限量、麵包搶購……甚至連冰淇淋她們也拿了兩桶。

看著琳瑯滿目的各種商品，這真的可以做得出一桌的菜嗎？別說琳恩看到時有可能這樣懷疑，連她們自己也不可避免的懷疑著。

「這樣應該夠了吧？」霧洹默默的冒出話來。

「好吧。」曦發聳肩。

長長的人龍中，當她們兩個一排入隊伍之後，就沒有任何人肯排在她們後面了。開什麼玩笑，等那一車的東西全結帳完，大概別的櫃檯都結完三個人的帳了。

當結帳的櫃檯小姐都有點手疫的刷完所有商品時，她自然的抽出了宅配單給曦發兩人，客氣的問：「妳們應該需要宅配吧？不然兩個女生……這麼多的量……」

「不用。」霧洹搖了搖頭，腰際的乾坤袋袋口一鬆，所有的商品瞬間被吸了進去。她們兩人完全沒有理會周遭看傻的人們，就在眾目睽睽之下走出超市，直奔林文的新居……

可想而知，當琳恩看著從乾坤袋當中倒出來的食材時，她也只能莞爾一笑的捲起衣袖，「好吧，我盡力看看。」

但當琳恩看了眼食物堆中的椰子時，還是不免有一些遲疑……這到底該怎麼入菜啊？

聽著外頭各種又敲又打的聲音不斷傳入房間內，林文捏著眉間回想著，在他印象中琳恩是說要煮一桌菜，怎麼在房間裡頭聽起來卻像是房子重新裝潢的感覺？

種種的疑惑，直到林文坐在飯桌上時完全沒有減少，心中只有各種傻眼和納悶，眼前各種誇張雕飾的料理，他腦海中第一個跳出的念頭是——這真的不是什麼食材雕刻比賽嗎？

他看了眼用甘蔗雕砌成的竹林小屋，還有用豆腐來造形的家畜……這到底要怎麼吃？

注意到林文的納悶，霧洹只好一五一十的把購物過程完整講了一遍。聽著各種挑選食材的緣由，就讓林文的額頭頓時垂了三條黑線下來。

「所以這就是為什麼這一桌的菜，會這麼……別富生趣嗎？」

「你別問我，她們光是豆腐就買了四種，板豆腐、嫩豆腐、雞蛋豆腐、凍豆腐，而且都買特價品——就是那種兩天內要過期的，我會拿來造形擺盤，也只能算是物盡其用。」琳恩攤手解釋道，滿手的黃豆味頓時飄散開，令她皺起了眉頭。

「妳辛苦了，琳恩。」林文想了想還是只能這麼說，換作是他下廚的話，大概全部都轉送到學生餐廳去了。

琳恩哼了一聲，完全的不予置評。

結果這頓飯就在一種感懷不可以浪費食物的情懷中揭開了序幕……

看著手中筷子所夾的五色蛋，各種顏色的蛋所堆疊而成宛若蛋糕般綿密，讓林文整個百感交集。雞蛋、皮蛋、鴨蛋之外，還有鵪鶉蛋和鴕鳥蛋……這一口吃下去會不會膽固醇破表啊？

但所有人都一派正常的夾菜吃，讓他只能硬著頭皮跟著吃下去。

他……第一次體會到原來不只送餐給客人吃很辛苦，自己人吃飯也可以很累人的。

好不容易把那一整桌的藝術品收拾掉，林文拿著過期的金〇字胃腸藥就遁逃到了床上。

而在光潔如新的廚房中，曦發和琳恩兩人肩並著肩清洗著碗盤，至於霧洹，則是對著頭暈腦脹躺在床上的林文施針放血去了。

「這就是霧洹說的體虛不能大補吧。」曦發有感而發的說，手中的清潔劑像是免錢似的不停擠出。

「可能吧。」琳恩微笑了一下。

只能說林文太給所有人面子了，各種料理他都夾了幾口，光是今天一餐所攝取到的食物種類，大概就遠勝過他過去幾年的總和。

曦發看著被洗到發白的盤子中所映出的自己，沉默了幾分鐘後又突然開口：「我的傷好了。」

「我知道。」琳恩點頭。她早就知道了，只是林文這個東道主沒有趕人，她當然也無所謂，反正買菜錢也都是林文出資的。

「而林文……妳的主人，跟妳說的一樣，他完全沒有要趕我走的意思。」曦發往廚房外探了一眼，說實在的……她沒辦法理解林文的想法。

人類是種貪生怕死的種族，這一點名聞六界。而她這個大麻煩，林文卻接手下來，她曾經以為是林文懼怕著她的背景，但根據這些天的觀察，林文根本沒有理會她身為神族的這件事情。

林文可能會對她露出無奈的眼神，但他對琳恩無奈的次數絕對遠勝於她。至於打架、拆房子之類的，林文更是完全的放牧主義，任由她和琳恩鬧下去，這一點……真的很有趣。

「反正他也沒趕妳走。」琳恩搶過曦發手中的盤子，用乾布把水漬全數抹去，「妳就住到妳魔力耗盡，被人間大結界遣返不就好了？」

「追殺我的人，來頭不小。」曦發緩緩的說出口，她一直保持自信的雙眼罕見的蒙上一層隱憂。

「相信我，霧洹和我來頭也不小。至於林文？他也絕對不是路邊那種召喚史萊姆賣藝的流浪召喚師。」琳恩哈哈大笑了出來。

「妳……到底在打什麼算盤，琳恩？」曦發首次用琳恩的名字稱呼她。

琳恩只是挑了挑眉，意味莫名的咧嘴，嘴角上揚，「這個嘛……誰知道呢！」

曦發緊皺著眉頭，如果是過往的她，此刻一定會逼問下去，但現在……她也只能沉默了。

「我去曬衣服。」

曦發煩躁的拋下了一句話就轉身離開，留下琳恩自己一個人整理碗盤。觀察著曦發的心境變化，琳恩只是露出了趣味盎然的微笑，什麼都沒有說。

※　※◆※　※

這間獨棟房子是一棟外觀時尚的大樓，但卻巧妙的圈出了一塊庭院出來，除了保留了百花盛開的花園之外，甚至還附有曬衣場。

感受著微溫的太陽光，曦發心中的猶豫還是沒有消散蒸發掉。

她不是那種會願意牽連其他無辜的人。

所以她在一降落人間時，就故意散發出龐大的神威，讓周圍的妖怪們逃命離開，因為她不想當追兵降臨時，誤傷到這塊大地上的原住民。

在傷勢如此嚴重的情況下，她還硬是動用了淨火把所有潛藏的痕跡燒毀掉，那是她最後能夠做的事情了，自此之後她就進入沉睡，沉睡在自己所設立的隱身結界之中。

但林文卻輕而易舉的撕裂結界把她召喚出來，天知道當自己醒過來時，看到身處醫院的當下，有多麼震驚！

她不想連累到人類，但卻住進了幾百人圍繞的大樓內，要不是傷口疼痛到她無法動彈，即使是用爬的，她都要爬去無人所在之地。

就在她感覺到傷口無法癒合的當下，她真不知道該高興還是難過，依照這種傷勢，人類大概也只能眼睜睜的看著她死去，只要她死去……至少追兵們就會放棄了吧？

而琳恩就這麼恰到好處的出現，信手治好了她，讓她不得不改變方向，她決心要利用人間大結界搶先回到神界去……至少在神界，他們的紛爭是由神界買單。

況且琳恩很強悍，她是曦發少數可以不用擔心誤傷的敵手，曦發可以使盡全力的消耗魔力。就在她的目標快要達成之際，一切的一切又讓琳恩輕而易舉的道破了她的企圖。

那時琳恩說的話，讓她至今印象深刻——

「來打賭吧，如果……林文沒有意見的話，妳就得在這裡待到傷口養好；相對的，如果林文真的要趕妳走，那我絕對幫助妳返回神界去，如何？」

「結果一答應就滯留人間這麼久了呀……」

曦發鬆開緊握著的拳頭，手指輕輕滑過當時的傷口。傷疤完全沒有淡化，殘留的詛咒依然停駐在表面，但已經無法造成任何傷害了；這是妨害傷口癒合的詛咒，在已經沒有傷口的現在，詛咒本身早已失去了意義。

就在她沉思接下來該如何是好的時候，指尖所觸摸到的詛咒，卻極輕微的活絡了起來……那近乎是沒有凝神就無法察覺到的程度。

活性化的詛咒……她苦笑了。

這代表著施咒者來到了人間，所以理應消散的詛咒感受到空氣中的魔力而又重新活化了起來。

曦發咬了咬牙，看著那滿簍的衣物，「對不起了，我可能要食言了。」

她最終複雜莫名的看了一眼住處後，轉身展開了六翅，那是三對如同晨曦般的白淨羽翼，就連金黃色的陽光都無法沾染上的純潔。她抿著雙脣，振翅高飛離去。

The summon is the beginning of trouble

Chap.4 追蹤者降臨

空氣寂靜得只剩下呼吸聲，會議廳內所有人嚴肅的不發一語，每個人都在注視著一位頭髮灰白交雜的青年。

「林文副教授，你怎麼會把人照顧到失蹤了！」一位官員拍著桌站了起來痛斥。

「你自己也說了，我是照顧，不是拘禁。如果你們想要二十四小時追蹤她的所在的話，你們可以考慮全球定位系統之類的……就是用來追蹤候鳥遷徙的那種設備。當然，前提是曦發她願意讓你們安裝。」林文皺起眉，百般無奈的說道。

是的，曦發她突然失蹤了，現場只剩下原本應該要拿去曬的衣物，完全沒有任何打鬥過的痕跡。

根據秘警署在現場的調查報告，被綁架的可能性近乎於零，但即便如此，秘警署卻把所有的矛頭都針對在林文身上。

說實話，林文自己是非常納悶，曦發有腳也有翅膀，又不是什麼殘障人士，他是能管她去哪裡？

再說，他也無法理解秘警署是在緊張什麼。根據琳恩的說法，曦發的傷口早已完全癒合，沒有任何性命隱憂，就算離開這座島國也不會有任何問題。那……她在秘警署監控下被人間大結界遣返回神界，跟她在人間任一處被遣返回去，差別在哪裡？

又不是神族被遣返會多一道彩虹或者會湧出一道聖泉……在乎她的離去也太令人感到詭異了吧？

「在失蹤的這段期間，她要是遭受迫害的話，你擔當得起嗎！」另一位官員冷冷的說著，越說語氣就逐漸激昂了起來，活像是臺下有一堆熱情的選民正在喊「凍蒜啦」的模樣。

「相信我，不會有人想要跟神族為敵，也沒有多少人能跟神族為敵，人間要能夠傷到曦發的人，絕對是比國寶還要國寶的存在。」林文苦笑了。

雖然對曦發實力的高深沒有辦法準確的評估，但能夠和琳恩對打得如此熾熱的人，他還是生平頭一次撞見。擁有如此高超的實力，哪還輪得到秘警署來擔心她的安危？

「那如果我說，她是殺害未遂的嫌疑犯呢？」

一道聲音從門後傳了出來。

會議室的門扉緩緩的敞開，推開門的是一位女性，一位擁有波浪般金色長髮的女性。背上的六翼表示了她身為神族的身分，周圍跟著的秘警署探員臉色複雜，不發一語。

濃烈的神威隨著門口的敞開，如同浪花般淹沒了整間會議室，不少官員都臉色發白起來，就連一些秘警署職員都無可避免的呼吸急促。

「殺害未遂？」林文詫異的再次複誦了一遍。

「曦發在神界犯下了傷害多人的罪刑，就在要伏誅的時候，她穿越了次元逃到人間，這種犯下殘害同族之罪的神族，任由她在人間遊蕩，只會禍害生事。」

那位女性正氣凜然的話語，讓在場不少人都認同的點頭同意。

看了眼困惑的林文，那位女性神族翅膀一展，伴隨著刮臉的疾風，將整間會議室的各種雜物、水杯、紙張之類的全掀飛了起來。她轉瞬到了林文眼前，用著懷疑的雙眼打量著林文，「吾名辰燦。人類，據說是你把曦發召喚出來的？」

「沒錯，而我的名字是林文，不是人類。」林文沒有絲毫畏懼的回望著辰燦。

這種眼神他見識過太多次了，每次他召喚出神族時，他們神族無一不是這般的詫異不解，似乎是覺得眼前的人怎麼有可能將自身召喚出來。

「那林文你必須再召喚一次，在造成無盡的後患之前，這是為你自己的罪行彌補的機會。」

辰燦說出口的話語，讓林文愕然了。

……罪行？

林文的表情掠過一陣古怪，他看了看四周的人們，幾乎都用愛戴的目光追隨著辰燦的一舉一動，彷彿辰燦的話語就是聖旨，就是圭臬……這讓林文逐漸一肚子火了起來。

他當然清楚為什麼秘警署會如此的仰慕神族，畢竟神秘考古學這門學科已經證明了神族對於人間有多麼大的恩惠——是神族讓人類戰勝了妖怪，搶奪到人間的主宰權，也是神族在背後當靠山，才讓魔族始終不敢太猖狂。

但……那都只是好的一面！有很多事情人們都被神族蒙在鼓裡，要不是林文跟六界的使魔均有來往，熟知各種隱藏在檯面下的內幕，此刻的他一定也是緊抱著神族大腿不放的一員。

「答覆呢？」辰燦露出了溫和的笑容。

頂著在場所有人的注目，林文幾乎是面無表情的開口：「我知道了。」

他從口袋中拿起手機，低聲交代了幾句話。

看著林文在掛掉電話後，遲遲沒有舉動，辰燦蹙起了雙眉，「林文？」

「偉大的神族應該知道吧?召喚神族需要準備很多儀式、道具，而我不可能隨身攜帶那些道具。」林文彎了彎嘴角。

這種挖苦的話語，辰燦不滿的正要發作，就看到霧洹和琳恩提著一個手提包走了進來，讓在場的人一陣緊張。

霧洹就算了，仙界和神界的關係還算得上融洽，但琳恩那完全沒有任何偽裝的外型，只要是明眼人都看得出來她身為惡魔的身分，就在所有人擔心辰燦和琳恩會大打出手的時候，辰燦只是眼神黯了黯，視線完全沒有停留在琳恩的身上。

另一方面，琳恩則露出標準的制式微笑，雖然也沒有想要進一步打招呼的意思。

沉默的空氣，反倒讓眾人鬆了一口氣。

「林文，這是你要的東西。」

霧洹將一個布滿灰塵的手提包遞給林文。

林文微微點頭致謝，將手提包裡面的東西一樣樣的取了出來，開始在地上刻劃出召喚神族所專用的陣法。

越是看著林文精細的陣法，琳恩和霧洹反而面面相覷起來。

不僅如此，林文甚至還恭敬的擺上黑水晶，眨了眨眼，對著在場眾人比了個噓的手勢。

他清了清喉嚨，開始吟詠起召喚文：「彼之翼翔於神淨之上，白之焰抹於魔障之下，維於日曦降臨之跡於發。」

地板上錯綜複雜的召喚陣伴隨著黑水晶的陣陣律動，開始旋轉了開來。一片刺眼的光芒突現，當光芒散去的時候，一隻青綠翡翠的六翼巨鳥赫然出現在眼前。

在場的人都瞪大雙眼，驚愕讓所有人都忘記了呼吸。

這是很高等的使魔，那翡翠色的六翼和尾羽上的白色淨火，無一不是高等使魔的證明，但……這很明顯並不是曦發。

「看樣子是失敗了，這只是神界的野獸……但召喚咒文形容無誤，看樣子那一次的成功應該只是運氣好罷了。」辰燦露出了果然如此的笑容，拍了拍林文的肩，轉身走出了會議室。

望著辰燦的離去，秘警署探員們才紛紛回過了神跟著走出會議室。

他們三三兩兩的都在討論接下來要怎麼抓捕曦發，偌大的會議室轉眼只剩下林文他們三人和一獸。

林文撓了撓頭，摸了摸巨鳥的喙，「返於神境。」

語畢，巨鳥露出了享受的神情，身形緩緩消散於空氣之中。

鬧哄哄的腳步聲逐漸歸無，但林文他們三人卻始終沒有任何動作，就在最後一個人的身影也遠離會議室外的長廊時……

「沒有人了？」林文看了看四周，莫名的突然提問。

「早就沒人了。」琳恩手指一彈，三張旋轉椅被魔力精準的一推，滑到三人身後，「所以發生了什麼事情？你總不會是特意叫我和霧洹過來看你演戲吧？」

霧洹也認同的點頭。

「特意畫上召喚神族的法陣，特意用上黑水晶，就只是為了讓剛剛那堆人深信你是真的召喚失敗。」琳恩將手肘放在會議桌上，雙手托腮補充著：「而事實上，剛剛的青鵲鵠根本就是你心中所想要召喚出來的使魔。」

「……果然瞞不住妳們。」林文露出苦澀的微笑。

如同琳恩說的，剛剛那隻六翼巨鳥就是他心中所呼喚的青鵲鵠。他做了一堆掩飾性質的工作，確實是希望讓所有人以為他上次的成功僅僅是僥倖。

「林文是喚者。」霧洹抓著林文的手，她堅定不移的說著：「而喚者的召喚絕不可能失敗。」

「所以演戲的目的是？」琳恩好奇的看向林文。

「辰燦──剛剛那名神族說……曦發是殺害未遂的嫌疑犯。」林文的思緒一片混亂，整頓了老半天，卻只能冒出這句話。

「辰燦……神界有名的斷罪之使，專門負責審判和追捕罪人。」琳恩吹了聲口哨，眼底的笑意隱伏晃蕩，「所以曦發是為了躲避她的追捕，而逃走了？」

「常理來推斷是如此。」林文嘆了口氣。

一陣難堪的沉默突然瀰漫了開來，他們三個人突然間都不知道該說些什麼，曦發從來沒有在他們面前提到過為何受傷，甚至連她在神界的生活也從未提及過……

所以，事情真的如辰燦說的一般嗎？

這個疑問浮現在他們心中久久揮散不去。

「召喚她看看吧。」林文腦海裡浮現出這些天和曦發相處的情景，那些回憶讓他不由得甩了甩頭，他重新打開了召喚書，「如果可以，我也希望這一切都只是誤會。」

林文才語畢，手中的召喚書頓時攤了開來，在知道曦發的真名之後，召喚的過程理應會更為輕鬆省事才對。

「汝藏於無人所識之境，唯吾唱名……曦發。」

但事實卻……跌破所有人眼鏡了。

林文的吟詠和空氣間的風流呼應著，召喚陣開始敞開來，在半空中交織著立體的門扉，閃動的光輝證實他已追蹤到曦發的身影，但卻遲遲等不到下一步動靜。

林文面有難色的將手中的召喚書闔上，讓琳恩和霧洹乾瞪眼好一會，才發現林文自行停止召喚了。

「林文……喚者的召喚不可能失敗。」霧洹眨著眼看向林文。

「對，但曦發她拒絕了我的召喚，我可以強行把她召喚出來，但這實在太失禮了。」林文抓了抓頭，尷尬的說著：「再說我也沒有隨身攜帶太陽眼鏡的習慣，我可不想被閃瞎，呵呵。」

林文打哈哈的試圖含糊帶過剛剛的召喚，而霧洹和琳恩也都識趣的沒有繼續追問下去。

被召喚的異界生物自然有權決定自己要不要回應召喚。

可如果是強制召喚，那就另當別論了。

如果剛剛的召喚繼續維持下去的話，勢必會演變成強制召喚的模樣，而那……便是林文所不願意的方式。

雖然沒有言語，但拒絕了召喚無疑是一種婉轉的拒絕，這就好比對方鎖上門表示想要自己靜一靜，如果繼續強制召喚，則代表林文完全不留任何顏面的強行破門把對方抓了出來。

這向來不是林文的風格。所以在強制召喚前，他自己主動停止了召喚。

雖然和曦發相處的時間不長，但他很尊重這位神族女性，她有她的自尊和驕傲，雖然有時連他都會為之氣結。

不過，他卻可以體會得出她率直中的良善和原則，如果真的強制召喚了她，那就等於是向曦發宣告，自己相信了辰燦的話語。到時召喚的光輝退卻後，他無法想像曦發的雙眼會是怎樣的神情……

想到這裡，林文略微滄桑的聲音苦笑著，剛剛的召喚雖然自己中斷了，但有許多無聲的訊息都從中流傳了出來。

林文問：「但我憑著召喚陣的訊息，有大略找到曦發的方位，要通知秘警署嗎？」

「不好吧，難道你接下來考慮轉換跑道？從學術界改行當人型雷達？」琳恩按住了敞開的召喚書，「你想想，如果秘警署發現你能夠把失蹤的曦發找出來，那全世界的失蹤人物不就全落到你頭上了？到時候你一天到晚被失蹤人士的家屬臨門求救，我可是救不了你喔。」

林文想像著那場景，身體不由得打了個寒顫，一想到家門口永遠都有一長條人龍，一群拿著照片的家屬，用著五子哭墓的氣勢天天哀求，他遲早有一天會召喚到虛脫的……

「所以要怎麼辦？」林文狂亂的甩了甩頭，光是想像而已就讓他完全沒有召喚的意願了。

「千里之行始於足下。」琳恩壞壞的露出微笑，「根據我的魔力感知，曦發粗略的方向還是有所感覺的，算一算環島也不過一千公里內的事情。」

「等等！我也只是知道粗略的方向，就憑我們三個勢單力薄的，要怎麼找？」林文愣了愣，他心中泛起了不安的念頭，試圖打消琳恩的妄想。

「林文，你數學是不是不好啊？」琳恩搖了搖手指。

「我數學當初是被死當沒錯……不、不對這跟數學有毛關係？」林文完全聽不懂琳恩的問題。

「兩個粗略的方向，就能找出交界點，這可是國中座標系所教。」琳恩嘖嘖不已。

——但現實的地理可不是二維結構，而是三維結構啊！到時候要是交界點在玉山……敢情他們要兼差當搜山隊？從上到下每株草、每棵樹都挖遍？

「這不是個好主意。」林文試圖掙扎。

「但這至少是個主意。」琳恩感嘆的說著，然而掛在嘴角的笑意卻完全掩蓋不住。

「我可能會走到腿抽筋……」林文做出最後的掙扎。

「我會向霧洹拿體健丹給你服用。」琳恩看了眼霧洹，嫣然一笑。

霧洹眨眨眼，說行動就行動的把手伸到乾坤袋內去。

「等等！那個體健丹該不會又是苦得慘絕人寰吧！」林文一想起上次的饑月丹，鼻腔就一陣發麻。

「林文……良藥苦口。」霧洹淡然的說。

「而仙界專產良藥。」琳恩掩嘴大笑。

林文吞了吞口水，腦筋一轉的從口袋中將手機拿了出來，瘋狂的滑動著頁面搜尋。

「林文你在找什麼？」霧洹好奇的把頭擠了過來。

但霧洹只來得及看一眼，手機螢幕就被林文不斷滑動的手指遮掩住了。

林文心情迫切的滑著手機，好不容易終於喜出望外的在網頁上翻找出教務處的電話，卻在電話撥通之後臉色越來越黑，「教務處嗎？那個『十分鐘你也會打魁○奇』的課程滿了嗎？所以……飛行掃把是上學期的科目，下學期只有龍騎士課程……」

「我一點都不介意養條龍來看家喔。」看著黯然掛掉了電話的林文，在一旁始終保持竊聽的琳恩咧嘴笑道。

「我介意！非常介意！」林文的哀號響遍了會議室。

※　　※◆※　　※

雜亂的辦公桌上，耀慶不耐煩的用手推出了一小塊乾淨的區域，將頭趴在上面陷入發呆的狀態……

事情的變化快得讓他有點措手不及。

原本應該只是看著曦發在人間養好傷，安穩的將她送回神界之後，這件事就算結束了。

但一切卻風雲變色，曦發突然失蹤，而且她失蹤沒多久，神界的斷罪之使就降臨了，宣稱曦發是殺害未遂的嫌疑犯，人間秘警署應該要全力協尋曦發的下落……

這種急轉直下的變化，就連習慣看鄉土肥皂劇來打發時間的他都感到有點不適應。

現在秘警署幾乎全體總動員，除了負責神界的組別之外，其他組別也需要騰出人手幫忙尋找曦發的下落。

但……人根本沒有這麼好找啊！

要知道，上次找尋曦發還是林文找到的，要是林文沒有出手的話，秘警署大概永遠都找不到藏身於結界中的曦發。

叩叩的敲門聲響起，耀慶疲憊的往門口看一眼，隨即跳起來舉手敬禮。

「局長好！」

蔣落言揮了揮手示意不須敬禮，他看了看周遭確定四下無人之後，含著笑意緩緩說出口——

「耀慶，林文他們失蹤了你知道嗎？根據學校人事室的說法，他並沒有回到大學去，雖然有請假就是了。」

「又一個失蹤！失蹤難道是會傳染的？」耀慶現在光是聽到失蹤這兩個字，頭就疼痛了起來。

「會不會傳染我不知道——」蔣落言突然將說話的音量降低，「但林文他應該知道曦發的下落。」

「為什麼林文會知道曦發的下落？局長的意思是……是他藏起了曦發？」耀慶不解的緊皺著眉。

「這一切都只是我的猜測，依據是我對他母親的了解，要信不信都可以，這並不是業務命令。提示給到這裡，剩下的就由你自行決定。」

蔣落言似笑非笑的說著，語畢就轉身離開，徒留下傻愣住的耀慶。

「好吧……找那位所羅門宅男，應該比找出有三對翅膀的神族要好找得多。」耀慶喃喃自語著，拿過一臺電腦，畫面一開就把這小小島國上面的所有大眾運輸系統都叫了出來。

※　※◆※　※

金黃色的陽光灑落在林文的身上，明明氣溫很溫暖，但林文就是莫名的突然打起了噴嚏。

感受著琳恩和霧洹的眼神，他捏了捏鼻子說：「沒事，應該是有人正在說我壞話。」

「根據我對你通訊錄的了解，除了器材商，應該沒有人記得你的存在。」

琳恩輕笑了出來。

「我有開課好嗎？搞不好是我作業出得太難，招惹學生怨尤也說不定。」林文不服氣的辯解著。

「別傻了，你不是說你不想要因為改作業而耽擱到你的研究，所以你的課程是有名的完全沒有作業？」琳恩馬上戳破了林文的說詞，看著林文的臉一陣紅一陣青，她不斷咯咯輕笑著。

被譏笑的林文只能低著頭，不斷的用手機地圖嘗試找出這裡到底是哪個鳥地方！

放眼望去，山明水秀、鳥語花香……總而言之，這條道路上目前只能看到一間屋舍，而那間屋舍還是給福德正神居住的……

從外觀上看來，只能看得出這是某一條產業道路，但除此之外，地圖上卻只能顯示出這裡是第某號國道。即使林文他們不死心的將地圖放大到極限也是一樣，最後只能無奈感嘆：為什麼這座海島明明就不大，卻還是可以讓他們找不出自己身在何處啊！

林文光是校內大考，只要有換考場，他都需要提前做路線規劃，不然來不及監考事小，迷路找不回研究室在哪裡才是大麻煩。

「琳恩妳確定曦發的魔力殘跡是往這個方向嗎？」林文吃痛的按摩著痠軟的小腿，他拿出了召喚書，開始猶豫著要不要召喚夢魘來載他前行，比起消耗體力，他更寧願消耗精神力。

「當然，只不過她設下了層層阻礙，要追蹤不太容易，但是所有的蛛絲馬跡都指出她藏匿在前面。」琳恩確信的說道。同時，她冷冷的補上一句：「話說回來……你現在要是召喚夢魘的話，你就達到三體開門的極限了喔！你應該不會這麼傻吧？」

聽到琳恩的告誡，林文攤開召喚書的動作只好僵住，他看著書頁中那匹夢火燃燒的駿馬，依依不捨的闔上書頁。

他當然知道琳恩在講什麼，身為一個召喚師，隨時保持著一個空缺來應對任何變化是基礎中的基礎。

而他的極限是只能開三道門扉。現在霧洹和琳恩各占掉一道門扉，要是再把夢魘召喚出來……到時候真的遇到需要緊急召喚的情況時，他就只能嗚呼哀哉了。

「林文，需要揹你嗎？」

霧洹張著太過天真無邪的雙眼，讓林文完全無法直視，這份仁慈根本是太耀眼燦爛了。

「不用了，我不想被全天下愛好蘿莉的人追殺。」林文抽了抽鼻子，忍痛婉拒了。

「噓，安靜。」

走在前頭的琳恩突然停下了腳步，壞笑的看著道路，她的手一揮，看似平靜的柏油路一一浮現出各種神秘的文字，金黃色的文字順應著魔力的流動，在半空中若隱若現。

林文幾乎是看到的瞬間，就露出好奇的神情琢磨起文字的內容：「這是神族的文字。」

「上面寫了些什麼？」霧洹好奇的伸出食指，作勢要碰觸金黃神文。

林文馬上臉色大變；相對的，琳恩卻泛出了輕笑。

金黃色的神文瞬間吞噬了視野的一切，強烈的閃光讓林文他們緊閉雙眼，再睜開眼的時候，周遭已經截然不同了……

The summon is the beginning of trouble

Chap.5 破解迷宮直走就對了！

被幽綠色的藤蔓所攀爬的壁壘，圍繞住了整個視野，就連抬頭往上看也只是灰暗的石磚所鋪成的天花板……

濕冷的氣息瀰漫在身體周遭，林文感受著身上的衣服逐漸潮濕，一股寒冷正在爬上他的皮膚，他搓了搓自己的雙臂，就是在這個時候，他才發現他和琳恩、霧洹她們走散了。

再次左顧右盼確定真的只有自己一個人的時候，林文嘆了口氣。

「果然沒有猜錯……那個文字是陷阱。」他苦惱的抓了抓頭髮，花白的頭髮隨著手指不停抖動，「『識境之迷，藏於光隱之間。』天知道這是什麼意思！」

他是有猜到這可能是某個陷阱，畢竟這種刻意隱藏的文字，總不可能是什麼嚇人箱，拿來等待驚嚇路人用的。但在他還沒有想通是什麼陷阱的時候，霧洹就伸出她那可愛的食指了！

當霧洹的食指即將要碰到神族文字的那一剎那，他根本完全來不及阻止，只能眼睜睜的看著隱藏在神族文字中的魔力發動。

結果……現在連他自己到底身處在哪裡都不知道！

他真的開始考慮要買GPS給所有使魔外加自己了，迷路是有這麼容易就達成的成就嗎！

濕漉漉的空氣，讓他的那頭亂髮開始垂貼了下來。

由於完全看不到天空，自然也沒辦法得知時間的變化，林文杵在原地完全不知道該如何是好。

根據社會俗諺說，迷路的時候應該要等待對方過來找自己才是上策。

但……這適用於神族的幻境嗎？他很懷疑，真的很懷疑……

就在林文苦惱的時候，一股詭異的轟隆聲從身後傳了出來。

林文狐疑的看了眼身後，那是青苔布滿的石牆，但一絲絲的裂紋卻從牆壁中心點逐漸綻裂開來……

林文警戒的退了兩、三步，正當他還在猶豫是不是太過於警戒時，石牆突然炸散了開來！

塵土喧囂中，一道人影輕輕鬆鬆的跨出破碎的磚牆。看著塵土之中的翅膀影子，林文喜出望外的走上前去，卻在塵土落定的時候，臉色尷尬的不知如何是好。

那是辰燦……她手中拿著一把被各種寶石鑲嵌的長刀，銀色的鋒刃處彷彿連空間都能撕裂開。

「林文？你怎麼會在這裡？」辰燦詫異中帶著納悶的盯向林文。

林文只能尷尬的揮了揮手，「呵呵，那個……天氣真好，能夠相遇真是好巧。」

「天氣？這裡可沒有天氣。」辰燦將長刀的刀背擱在肩上，冷冷的笑了出聲：「這裡是意識的集合體，看樣子你也被曦發的法術拖進來了。」

「意識的集合體嗎……」林文咬著脣想了想，他在心底深處不由得佩服起曦發。

假如這真的是眾人意識所造成的幻境，那就一定沒有標準的路線可以找到出口，且依照進入幻境的人數，複雜度只會越來越高……也就是說，追兵來的越多，對於曦發來說就越有利。

這是很聰明的做法，但一股詭異感卻在他心頭久久揮散不去。但要他說出是對哪一處感覺到詭異感，他卻提不出來。

「所以你們幾個人闖進來了？」辰燦挑了挑眉，「剛剛我還看得到天空的幻象，也沒有岔路，但就在幻境變化之後，岔路、天花板全都來了。」

「三個人。」林文苦笑了，這個數字如果是普通人類或許還算不上什麼，但他們三人當中，另外兩位加起來的歲數可是破百，意識的複雜程度根本不是一般人可以比較的。

而且辰燦的出現，讓他只能將原本的打算作罷了。

他剛剛原本想說只好用召喚的方式，來和曦發和霧洹她們會合，但眼下自己除了召喚書之外什麼都沒有帶在身邊，要是真的這樣召喚出了曦發和霧洹的話，辰燦勢必會起疑……而他可一點都不想讓神界有任何可能去猜測到他的喚者身分。

幻境的複雜度提升，讓辰燦和林文都陷入了沉思之中。

「總之，我一定要把曦發逮捕歸案，不管用上任何手段。」想了一會，辰燦冷哼一聲，手中的長刀隱隱發出光芒，她跳了起來用力往牆上一劈！

嘎嘎的粗糙聲響傳出，只見牆上被劃出了白色的刀痕，卻完全沒有碎裂的跡象。這一點讓辰燦愕然了，這跟剛剛的結果完全不一樣……是隨著時間推移，幻境的堅固程度會往上升，還是又有人闖入這幻境之中了？

「小心！」

林文的警告聲讓思考中的辰燦回過了神，低頭閃過了從暗處竄過的一陣冷風。當冷風竄過她那波浪般的長髮時，金黃的髮絲宛若落葉般緩緩飄蕩下來……

「……會反擊了？」辰燦咬了咬牙，看著那道冷風的出處，那無疑是幻境石牆的死角罷了，在確定沒有任何人的氣息之後，她只能這般認為。

「看來還是先讓複雜程度降低吧。」林文深吸了口氣，從自己的手提包中抽出了厚如辭海般的召喚書。

他複雜莫名的摸了摸召喚書，將頭輕抵著召喚書，像是在與孩童輕語一般，小心翼翼的對著手中的書悄悄細語。

不一會的工夫，召喚書發出淡淡的光暈，最後又回歸平靜。

辰燦左顧右盼了好一會，就在她按捺不住性子準備開口詢問時，幻境又發生了變異，強烈的光再次吞噬了眼界！當他們好不容易睜開雙眼時，蒼青色的天空出現於頂上，就連原本分歧的道路也只剩下一條。

雖然知道這只是虛假的天空，但少了上空那灰撲撲的石壁，沉重的壓迫感頓時降了不少，讓林文也鬆了一口氣。

而沒有岔路……至少也少了選擇方向的煩惱，不管從哪一點來看，都算得上是一件好事。

看著只剩一條的通道，辰燦用著不可思議的眼神重新打量林文。

「你把你的使魔送返回異界了？」

辰燦注意到一連串的變化後，只能做出這樣的結論，而林文也確實點頭承認了她的猜想。

林文的承認，更讓辰燦咋舌了。

這……說來很容易，但實際做起來可是兩碼子事。

在不確定自己使魔的所在，單方面的開出通往異界的門，讓使魔可以返回異界，這可是一件極難做到的事情。

召喚術——理論上是利用契約的關係，將使魔和召喚師中間的通路打開，有點像是站在隧道的兩端一起挖通道見面。

所以契約非常的重要！因為若沒有契約的存在，那就只能靠召喚師單方面的挖開界層之間的聯繫。

因此，使魔的第一次召喚才會如此珍貴，花費了無數的寶物和魔力，在對方回應召喚之後，還只能算成功了一半！另外一半則是使魔同意和召喚師本身簽訂契約，自那一刻起，穿越異界的召喚才不會如此艱困。

當然，如果使魔不願意和召喚師簽訂契約，召喚師還是可以一而再、再而三的不斷召喚那隻使魔。但這種情況下，耗費的人力物力暫且不提，誰也沒有辦法保證召喚出來的使魔不會攻擊召喚師！

畢竟三番兩次的打擾使魔，就像是有位恐怖情人老是跑來按你家門鈴，還是那種怎樣拒絕都不為所動的牛脾氣！因而惹得使魔不爽反噬召喚師的案例，根本是時有所聞。

而林文剛剛幾乎沒有用任何的祭品，例如血液、牲畜……也沒有那種數十名召喚師的聯合詠唱，只憑自己一個人便將使魔送回了異界。

要不是就在自己的眼前真實上演，辰燦一定也無法相信……

「走吧。」

林文拍了拍褲腳上的灰塵，拾起召喚書指向前方的道路說：「雖然這樣說有些抱歉，但我覺得破壞幻境這種事情還是適可而止吧，畢竟我只有將霧洹送回去，琳恩還是在這幻境當中，她的意識……我想，最好還是連被反擊的機會都不要有。」

「她只是位惡魔女僕。」辰燦不以為意的說道。

「對。」林文怔然了幾秒鐘，隨即苦澀的搖了搖頭，「但相信我，現在的女僕……絕對是讓妳嘆為觀止，各種意義上。」

林文話語中的無奈和感嘆，讓辰燦握了握拳，手中的長刀高舉著，卻又不甘心的放了下來。

「就聽你的，至少眼下還不到非要破牆的局面。」

「那就多謝了。」林文伸手撓了撓臉頰。他想，他終於知道違和感出自哪裡了。

※　※◆※　※

時間推回到剛進入幻境的半小時——

琳恩和霧洹兩個人站在牆壁旁，用指關節不斷輕敲著石磚，仔細聆聽著有關石磚上的回音。

「這應該是幻境無誤。」霧洹在敲了不知道第幾塊石磚之後說話了。

「我也是這麼想，而且根據剛剛的神族文字，這裡應該是我們的意識空間。」琳恩聳了聳肩，對於被困在這裡，她倒是沒有什麼慌張和不安。

充其量就是林文走幻境走到抓狂，最後用召喚的方式把曦發強制召喚出來，雖然這方式不是什麼好的方式，但……反正被燈塔照瞎的人不可能是她就對了。

最多最多……就是她把太陽眼鏡從地攤貨升級成店頭貨。

想到這裡，她不禁開始思考是不是應該真的準備一副來備用了。

「那林文的安全？」霧洹擔憂的看著幻境。

「放心吧，不論是召喚還是逆召喚，能夠和我們會合的方式真的太多了，他一定沒有問題的。」琳恩放寬心的說出口，此刻的她完全沒有猜測到辰燦出現的這個可能性。

就在這一刻，霧洹彷彿身陷夢境一般的呢喃著。

琳恩感受著林文的魔力突破空間來到身邊，但這股魔力的目標並非她，而是霧洹。

「霧洹？」

霧洹沒有回答琳恩的問話，只是像與虛空對話一般，微微的點頭同意，不時的穿插著搖頭拒絕。隨著呢喃的延續，她的身影越來越朦朧。

「林文決定先把妳送返回仙界？」琳恩看著霧洹的身形變化，下意識聯想到此。

「不是，但我可能必須先離開人間一下了。」霧洹淡然搖頭，隨著話語的落定，她完全消失在琳恩眼前。

琳恩聽出了霧洹話語中的含意，沉吟道：「林文那邊出了什麼事嗎？」

※　※◆※　※

依舊是不見盡頭的幻境，林文和辰燦兩個人就這樣不斷的行走著。

但越是走下去，辰燦心中的詫異就越是激昂。

眼前的林文正低頭咬著巧克力麵包，一手還拿著果汁，而這些食物飲料都是他剛剛在她眼前召喚出來的！

「你……為了這麼一點小事，使用召喚術？」辰燦訝然的說。理論上，召喚這些食物所消耗的精神力，應該遠超過食物的熱量了。

但林文只是愣了愣，心中不斷盤算著該怎麼回應才不會顯得不正常，卻沒發現到對方早就覺得他從頭到尾都不正常了！

說實話，他覺得吃飽肚子實在是民生大計，況且他平時又沒有多餘的脂肪和肌肉可以轉換為熱量，為了生命體的延續而召喚……應該算正常吧？

而且他都規規矩矩的使用真名（食物名）、召喚陣、詠唱，這……應該沒有露出什麼破綻吧？

況且他召喚出來時，都有詢問過對方要不要一起吃，實在是辰燦不斷拒絕，他最後一次才沒有問。他看了眼手中的果汁，難道神族喜歡果汁？

「罷了，只是你這般隨意召喚食物，到時候要是遇到危險而沒有精神力召喚使魔，我可是不會保護你的。」林文的沉默，讓辰燦無奈的搖了搖頭。

「危險？」林文張大了雙眼，看了看四周，「這裡除了看不到盡頭的路，還會有什麼危險嗎？」

「有。不然你以為殺氣是從哪裡來的？」辰燦冷冷的說著。

……不是從妳身上散發出的嗎？林文暗自在心底說道。

辰燦不理會林文質疑的眼神，手中的長刀說橫劈就橫劈，讓林文嚇得跌坐在地。

只見一枝飛矢斷成兩截落在自己的褲襠上，林文吞了吞口水緩緩撿拾起來。這是用意識成型的飛矢，他雖然有些訝異，但想想卻也覺得合理，如果眾人的意識可以成這幻境，那成為飛矢甚至飛斧也應該沒有問題才是……

「所以現在幻境升級了？增加陷阱元素？」林文頭疼的說著。

「我們越接近中心處就越凶險，而曦發應該就在幻境的中心處，找到她、把她打敗，這幻境應該就結束了。」辰燦一派輕鬆的說著，彷彿只是到巷尾去買瓶醬油一般的簡單。

但林文卻頭疼不已，在辰燦的說法裡，他們應該是組隊去挑戰魔王的勇者們，但他真的覺得這其中有誤會，絕對有誤會！

首先，先不論曦發到底是不是殺人凶手之類的，而是他根本和勇者扯不上邊啊！

該死……他開始覺得自己有種上了賊船，卻完全回首不了的無力感。

如果可以的話，他會在體認現實的當下果斷強制召喚曦發，但現在……辰燦就在他身邊，現在真的在她眼前召喚成功的話，第一個問題就是在秘警署的召喚分明是造假，第二個是他不想名聲遠播到神界啊！

「你恐懼了？」辰燦斜眼看向他。

林文深深的嘆了口氣，「恐懼才是正常人該有的表現……雖然我也算不上是正常人就是了，反正先走吧。那個……可以跟我說明曦發的命案嗎？」

「這件事情人類不應該插手。」辰燦皺著眉頭回答。

「不然我現在算什麼？插腳？」林文終於忍不住的說出口：「這件事情我都介入上半場了，就算現在中場休息把我換下去，至少也要讓我坐在板凳上看完整場吧！」

「你這個無禮的人類！」辰燦手中的長刀發出閃閃的光芒。

「妳這個無理的神族！」林文握著拳挺起了胸膛。

兩人怒瞪彼此，身影倒映在對方的瞳孔中，就在場面一觸即發的時候，辰燦忿忿的甩了下刀，將長刀緩緩收回了刀鞘中。

「說起來……我也不知道。當我從睡夢之中清醒過來時，我已經全身傷痕累累了，而曦發正拿著她那柄鉑銀荊槍對著我，要不是我閃身躲過，只怕我的心臟就被她那柄槍洞穿了。」辰燦捏了捏拳，語氣狠冷的低聲說：「我無法原諒她，審判神殿的所有人，除了我之外都沉睡了，他們的身上都有著詭異的詛咒。」

「詛咒？」林文重複的呢喃著。

「沒錯，類似聖痕的詛咒。要不是其他族人使用沉睡的法術讓審判神殿的眾人沉眠，眼下早就死傷百人了！」

辰燦一想到那畫面就氣憤的咬牙跺腳。

當她清醒過來時，滿地都是血水。那是她第一次知道血流成河的景象，出生於承平時代的她，根本沒有經歷過戰爭，就連斷罪之使的稱呼也只是承襲而來，審判罪人的次數自然寥寥可數……

所有人都躺在地上剩半口氣，神族自傲的治療法術完全不起作用。

淨化詛咒所用的淨化術也沒用，在長老們仔細研究之後，才發現到這些類似詛咒的法術是用神族的秘文所獨創的，只有設計出這套法術的人才會知道這法術該怎麼解開。

如果時間足夠，族裡的秘法師應該也可以將這法術解析完成，但問題是一旦陷入沉睡，法術本身也跟著消失了，而眼下每一位族人的傷勢都嚴重到必須馬上沉睡、一刻也不能拖的地步……左思右想下他們才驚覺到，法術根本就無法解析！

「所以我必須把曦發帶回去，這是我的職責。」辰燦看向幻境。

林文咬著手指，這件事情有古怪……

這完全說不通。首先，如果真的是曦發的法術所致，那沒有道理她自己會被那法術折騰到非要琳恩出手才能存活的地步。她的法術她想解開理應沒有問題，那問題就在於——那法術不是她的！

「所以妳也沒有親眼看到是曦發下手的？」林文確定般的再問一次。

「我看到她親自對我下手！」辰燦怒吼了出來，隨即將自己的衣領拉了開來，那是一道被火焰灼燒過的烙痕，「這就是證據！要不是我蹲下閃過身，我早就死去了！長老他們就是藉著這傷口發出通緝令的！難道說你不相信這傷口，而選擇相信那幾天的相處時光？！」

林文看著那道傷痕抿了抿嘴唇，他困惑了。首先，神族是無法說謊的種族……不，應該說除了人類，六界之中能說謊的種族少之又少，人類幾乎可以說是特例，但也可能因為如此人類相對的短命許多。

就連傳說中甚會蠱惑的惡魔，也只是用似是而非的實話來欺瞞人。

很少有種族敢說謊的主要原因在於「言靈反噬」。

六界的各族，比起人類來更像是精神生命體，這並非說他們不需要肉體，而是他們的精神太高超了，高超到可以輕而易舉操作元素完成魔法……

正因為如此，說謊是一種精神汙染，而誣陷更是一種精神重創。

如果辰燦在說謊的話，她此刻不可能好端端的站在這裡，就連剛剛敘述的故事哪怕有半點虛假，她都會臟腑受損才對。

「有沒有可能是有人假扮曦發，使用幻術又或者某種易容之類的？」林文想破了腦袋卻只有這種虛弱的可能。

「那曦發為什麼要逃到人間？」辰燦毫不留情的戳破了林文話語中的矛盾，「如果是有人假扮她來襲擊審判神殿，那她就那麼剛好的全身是傷、墜落人間？」

「等一下……所以是妳把她打到全身都是傷的？」林文狐疑的問道。

「不是，我醒過來時她就傷痕累累了，推測應該是審判神殿眾人在被她襲擊時的反擊所造成的傷口，我只是順勢而為追打，要不是她負傷在身，我不可能跟淨世聖女抗衡的。」辰燦低聲的說著。雖然難堪，但這就是事實，神界之中能跟曦發抗衡的人少之又少……

「剩女？」林文怔然。

他有看過報章雜誌上刊登過教育部網站上對於人間剩女的標準是二十七歲

以上尚未結婚的女性，而依照神界的標準來看……難道是兩百七十歲？

看著林文錯愕的神情，辰燦蹙眉道：「我不知道你誤會了什麼，但淨世聖女在神界是恭稱，讚揚那些帶領神族子民將魔族逼退的英雄，你的惡魔女僕應該知道這四個字的含意，只怕她對曦發應該是敢怒不敢言吧？」

……大錯特錯，不只敢怒敢言，甚至還敢大打出手。林文苦笑了。

「總之，你再替她說情的話，我們就此分道揚鑣。」辰燦惡狠狠的瞪向林文。

「妳也得要有道可以分啊……」林文低聲的說著。看著眼前的這一條直線，難道是要他走回頭路？

「你剛說什麼？」走在前頭的辰燦沒有聽清楚，不耐煩的追問。

「沒事！」林文大聲的喊道。

怎麼周圍的女性各個都說風就起火，火氣一個比一個大……林文開始強烈的懷疑自己今年是不是犯太歲了，而且還是女太歲。

「霧洹，我好想念妳。」林文碎碎唸著，手中的召喚書彷彿回應似的閃了閃光輝。

※　※◆※　※

另外一端，琳恩用手指捲了捲髮尾，看著靠著石牆、鮮血淋漓的人影，身上滿是各種武器：長槍、飛斧、短匕……

「耀慶先生，我有想過會遇到任何人，就是沒想到會遇到你。」琳恩蹲了下來，用手指戳著耀慶那不斷流著血液的傷口。

「痛……妳是惡魔嗎！哪有人盡往傷口處戳的！」耀慶睜開被血液染紅的雙眼。

「你是哪隻眼睛覺得我看起來不像惡魔的？」琳恩嫣然一笑的站起身，擺了擺手說：「別裝死了，難不成要纖纖少女我來揹你不成？」

「我傷那麼重，根本站不起來！」耀慶邊怒吼著邊……站起來了。

看著自己真的站起來，最傻眼的人就是耀慶自己。他驚訝的摸了摸自己身上的傷口，這才發現衣服底下的傷口早已全部癒合了。

啪的一聲，琳恩微笑的鼓起了掌，「我想我學到什麼是睜眼說瞎話了，感謝賜教。」

「妳……這到底是怎麼一回事？身為惡魔的妳治療法術怎會如此拿手？」耀慶不可置信的瞪大眼。

「雖然我確實也會治療法術沒錯，但你想想這個由意識構成的幻境，真的會有實物嗎？你又真的是在流血嗎？」琳恩咧了咧嘴。

「所以……這一切都是幻覺？那就嚇不倒我了！」耀慶說完就跳了起來又要往前衝，卻被琳恩一隻手抓住後領擱了下來。

「幻你個頭。」琳恩中指用力一彈耀慶的前額，雙耳的金屬飾環就像風鈴般搖曳著，「在這裡受的傷可是會回饋到你的精神去，你這麼衝過去是想要搶植物人病房名額的話，那我就不攔你了。」

「所以這裡是以虛殺實？」耀慶恍然大悟的說道。

琳恩罕見的愕然了，隨即失笑了出來：「果然人類有千奇百種，看得越久，就越讓我對你們另眼相待。」

「『看』？我以為惡魔都是親自動手蠱惑人類的，怎麼會只想用看的？」耀慶摸著紅腫起來的前額，訥訥的低聲回問。

「這個嘛……我只能說我真的是『看』而已。至於戲耍過的人類，恭喜你，除了林文，你算是第二個吧，但可惜沒有頒獎臺也不會有記者採訪。」琳恩發出咯咯的輕笑聲，「只是我沒有想到你會跟著我們闖進來這幻境。」

「跟、跟著你們？我聽不太懂妳在說什麼。」耀慶的眼神飄忽著閃避琳恩的視線。

「別裝了，大概除了你自己不知道以外，剩下的人都知道你在跟蹤我們，就連感覺遲鈍的林文也不例外。」看著耀慶言辭閃爍的模樣，琳恩乾脆直接說了出來。

其實他們很早就發現了尾隨在後的耀慶，只是稍作思量就可以體會這畢竟是秘警署的業務，他們便沒有制止耀慶的跟蹤了。

原本在誤闖入幻境之後，他們想說這樣也好，至少可以擺脫掉跟蹤，卻沒想到耀慶竟然跟著闖了進來，若不是琳恩巧遇到，這因公殉職的消息大概就是明天的頭版了。

「那……我可以繼續跟妳同行？」耀慶在聽到琳恩他們早就發現之後，低著頭咬牙發問。

「無所謂啊，反正一個人獨行也很無趣，多個人聊天打發時間也是好的。」琳恩聳聳肩的爽快同意。

看著琳恩一副無所謂的姿態，耀慶反而傻眼了。身在這幻境當中，各種陷阱不斷從死角處竄出，他是用盡各種護身法術才前進到這裡，即使每一步都走得戰戰兢兢，到最後還是被暗器重傷到失血過多。

這樣的幻境，緊張到休克都來不及了，是要怎麼無趣？耀慶的表情是各種的難以理解。

結果當他們走到第一個轉角時，耀慶頓時理解琳恩的無趣是指什麼了。

當他們甫一轉彎，地面上一把巨型的黑色半月斧從影子縫隙間砸出，耀慶手中捏著的黃色咒符還來不及施展開來，就被前頭的琳恩輕描淡寫的一揮手打散了！

散落的黑色半月斧還沒來得及落地，就消失在他們兩人眼前，耀慶尷尬的看著手中所夾的咒符，想說默默收回去的時候，上方卻驟然一暗，抬起頭就看到一柄白色的巨槌從天而降。

槌面完全籠罩道路的兩端，耀慶見狀不慌不忙的吟咒，手中的咒符隨著語調燃起了墨綠色的火焰，他高聲喝道：「奉玄天木帝敕令，植木貫天！」

咒符發出詭異的綠光，才一眨眼的時間，一棵參天巨木頓時破開了地表朝著巨槌伸展過去。但那龐大的白色巨槌卻停也不停的直接將法術破了開來，幻化而出的巨木頓時化作符灰飄落。

耀慶看著此景，不由得緊張的閉上眼睛，但想像中的壓力卻沒有落下，讓他猶疑的睜開了雙目。

琳恩抖了抖滿是殘餘白灰的手，剛剛的巨槌連一聲聲響都沒發出就被琳恩收拾掉了。

看著琳恩逕自走到離自己幾步之遙的距離，轉過身，嘴角微彎的看著他說：「走吧，再拖下去都要走到太陽下山了。」

……這到底是怎麼一回事啊？耀慶揉了揉眼睛，他一直以為擔任秘警署的職位後，他已經對任何異狀都感到稀鬆平常了，但今天他對於異狀的定義有了全新的詮釋。

那就是……琳恩才是異狀本身啊！

※　※◆※　※

林文和辰燦兩人所路過的沿途盡是些被砍碎的殘劍斷匕，那些都是襲擊失敗的陷阱殘骸……

在各種暗器臨身之前，辰燦就一古腦的把所有還在飛行過程中的陷阱破壞殆盡。而林文就像是擺飾品，又或者吉祥物一般，從頭到尾根本沒有動過任何手腳，他只差沒有人在後面推輪椅，不然就是標準的躺著刷過關……

他自己都在納悶，是不是應該擺個招財貓的手勢應應景之類的。

說真的，不是他懦夫，只會專門躲在辰燦後面，而是辰燦她根本就不需要人幫，也不希望他出手幫忙。

不是辰燦瞧不起林文，而是一旦林文召喚使魔出來，將會導致幻境的複雜化，那她寧可自己來解決，這樣比較省時，也比較簡單。

所以辰燦搶在林文之前先出刀了，對上各種陷阱都是用一刀解決，真可謂快、狠、準，讓在一旁納涼的林文都不禁想問她是一刀流教的教主嗎……

飛行過來的可能是短匕又或是巨斧，但辰燦都秉持著一刀兩斷的原則，來者就斷！

這樣是可以偷閒沒錯，但有時候辰燦的一刀兩斷真的讓人很惱火！

林文只會一些很基礎的防身法術，面對一些細小的暗器，防身也算綽綽有餘了，可是在面對巨斧、重劍等這些光是能飛起來就很詭異的武器，便略顯不足了。

值得慶幸的是，這些武器通常飛行速度都不快，就算是他這種研究型宅男也還是可以從容閃過。

但就是辰燦的一刀兩斷，往往讓事情變得很凶險！

好比現在，林文看著那柄雙刃斧從遠處氣勢萬鈞的砸了過來，他果斷的往右邊退去閃避。依照他的推測，這樣子的拋物線和速度，站在現在的位置，雙刃斧絕對不可能傷害得到他。

但偏偏……就是這個偏偏，辰燦眼明手快的把雙刃斧從中對半劈斷！

原先的雙刃斧迅速的變成了兩柄單刃斧！

還是有利刃、還是有重量，重點是速度不減反增啊！

「啊啊！」林文驚恐的吼了出來，幾乎是緊貼著牆才讓單刃斧從耳邊擦過去……

幹！他現在終於體會到什麼叫距離死亡只有一線之隔。

這也太凶險、太恐怖了！

「鬼叫什麼？我都幫你阻了一下了。」辰燦不以為意的說著。

「妳要就阻到底啊！這種從一變為二只會讓人覺得更可怕好嗎！」林文捧著幾乎因為過於緊張而要休克的心臟。

「膽子小怪我哩？」辰燦冷哼一聲。

「……」林文的嘴角抽搐著，他突然湧起將手中的召喚書當作鈍物攻擊的欲望。

「又來了。」辰燦輕笑著看向遠方。

轟隆隆的聲音從遠方逐漸傳了過來，大地的震動逐漸加大，讓林文不安的將視野放遠。

那是比人還要高的石球，滾動著把幻境的石牆一一碾碎……

林文緊張的抓起了召喚書，準備開始召喚使魔出來應對。

然而，辰燦完全沒有給林文表現的機會，她走到前頭將長刀高舉了起來，銳利的鋒芒將視野全面侵占，林文望著那柄閃閃動人的長刀，心中真的是各種哀號。

——拜託！這種古早的滾石陷阱，至少有數十種閃避的方式，不論是挖地洞還是破石牆……總之都是既省事又安全的方法。

但當林文想要出口勸阻辰燦時，一切都為時已晚，那柄閃著太過寒冷鋒芒的長刀筆直的落下了。

看起來沉重堅硬的巨石，像是豆腐一般的被長刀穿過……

白色的銳光先是消逝，然後又緩緩從巨石中隱隱閃露出來。

林文掛在臉上的苦笑完全僵硬了，那比人還要高的巨石，像是核心被埋了炸藥般，一眨眼就被劈得紛飛四散！

滾動的動能全部付諸在四射的碎石上，巨大的破空聲讓林文將掛在胸口的水晶項鍊果斷的扯了下來，他周圍的空間頓時扭曲變異，將飛向他的碎石塊全數彈飛掉。

劫後餘生的林文，看著被亂石摧毀的瘡痍大地，終於抓狂的暴跳喊了起來：「妳小時候一定動不動就喊著切八段吧！不然怎麼這麼愛見物就切啊！」

「緊張什麼？看起來不是安然無恙嗎？」辰燦打量著林文的全身上下，除了沾上一些灰之外，看起來似乎是沒有什麼大礙。

「妳該慶幸我沒有高血壓！不然我早就被氣到腦中風了。」林文氣到全身發抖了。

這種單方向的直線思考，看到什麼都是先砍再說，這就是神族的斷罪之使？根本就是多年前的臺北捷運命案凶手吧！

但林文的憤怒卻完全被辰燦忽略了，她只是挺起胸膛繼續說道：「反正你也有防身用的項鍊不是嗎？這種等級的陷阱應該也入不了你的眼吧。」

辰燦瞥了一眼林文手中的項鍊。

「……經過妳的加工就很入得了了！」林文咬著牙不爽的說道：「妳就不能不要這麼硬碰硬嗎？還是妳真的信奉什麼一刀兩斷教！」

「我是斷罪之使世家，我象徵著神界的公權力，而神界的公權力不容許懦弱和逃避！」辰燦肅穆的說著，她的雙眼通紅，聲音強悍但卻空虛的迴響在幻境之中。

看著辰燦的激昂，林文深深的吐了口氣。

他突然了解為什麼琳恩對於神族會這麼受不了了……試問，誰能受得了腦殘啊！

這種固化思想……神族的腦漿是強力膠加橡膠加水泥調和而成的是嗎！

這跟封建時代的智障騎士精神不是異曲同工？！

什麼叫做家族的榮耀和神界的公權力……他要不是親耳聽到，完全不敢相信神族的腦殘是這麼根深蒂固。

「這樣妳不累嗎？」他很想出言教訓，但看著辰燦的神情，他欲言又止了好一會，最後只能說出這句話。

「累？」辰燦淡笑著，她語氣中的落寞顯而易見，「這份榮耀從我出生時就與之相隨，我早就習慣這一切了。」

看著辰燦說完話離去的背影，林文真的難以理解她到底是為了什麼而堅持到這副模樣。

他不懂……真的完全不懂。

兩人的安靜持續了很長的一段時間，就在林文撓撓面頰不知該如何是好時，他發現辰燦停下了腳步，面色凝重的看向前方。

林文這個時候才注意到，有一對黑色與白色的人偶擋在道路之前，雖然沒辦法看清楚全黑與全白人偶的臉龐，但其五官的曲線如此的栩栩如生，彷彿只是全身浸染過墨水與白漆的活人。

發覺到辰燦的無所適從，林文說出他觀察的心得：「它們都是假的，不是真的人。」

「我知道。」辰燦罕見的面色有些蒼白，手中的刀有著極為細微的顫抖，就連影子都有著些許的晃動。

「……手抖是帕金森氏症的前兆喔。」林文好心的提醒著。

別看辰燦一副二十出頭的美貌，她的真實年齡可能早就破百了。畢竟神族可是比美魔女還要美魔女的種族，如果人間的保養品公司跑去神界設立專櫃的話，大概是哪裡開哪裡倒，絕對的穩賠不賺……

「帕你個頭啦！」辰燦怒吼一聲。

看到辰燦的眼眶微濕，林文愣住了。當他手中捧著召喚書，正打算開始召喚時，卻又被辰燦阻止。

「你不要插手，這些剛好……給我練習。」辰燦強硬的說著，手與刀的顫抖卻遲遲沒有停歇。

「練習？」林文困惑的停下了動作。

辰燦完全沒有理會林文的困惑，自顧自的高舉著手中的長刀，像是要將天空刺穿一般。

「我是斷罪之使，所斬之人非惡即罪，死不足惜——」她闔上了雙眼，低聲的呢喃著。

她所說的每一個字句都像在刺痛著她自己的雙耳和心扉，但她的話語卻未曾間斷下來：「——我冷血無情，所傷之人必將至死方休，以顯主威。」

當話語停歇的時候，林文只看到一陣黑影掠過，那兩名人偶一瞬間就被腰斬了。

看著完全沒有反應便斷落成兩截的人偶，林文愕然了。

「妳都是這樣說服自己砍人的嗎？」

「我……還沒習慣刀碰到人體的感覺，但那只是現在還不熟練！」辰燦背對著林文倔強的回答。

「其實我覺得……不習慣殺人的感覺，也不是什麼壞事啊。」林文溫和的說著，看著對於殺人如此排斥的辰燦，讓他心中有股淡淡的欣慰，畢竟比起習慣殺人，這要好得多了，他很肯定。

「但我不行，我一定得習慣，我是斷罪之使，是家族唯一的繼承者，只有我才具備奪去同族性命的……資格。」辰燦在說到「資格」時，幾乎是用沙啞的聲音。

「……這種資格不要也罷。」林文皺著眉突兀的說，直到這時他才突然察覺到辰燦的背影原來是如此的嬌小，而且又如此的遙遠，彷彿誰都無法碰觸到一般。

「但總得有人必須承接這份工作，而我不打算讓別人來承擔這份『殊榮』。」辰燦的笑聲虛弱的迴盪在幻境之中，腳步向前邁了開來，「快走吧，我必須將曦發早日帶回神界。」

聽著辰燦的言語，林文五味雜陳的嘆了口氣，他看了眼那被一刀兩斷的雙人偶，詫異的眨了眨眼，躺在地上的只有白色的人偶……

「奇怪……黑人偶消失到哪裡去了？」林文張望了四周，卻完全找不到黑人偶的蹤跡。

「是要我等多久！」

辰燦煩躁的聲音從前面雷霆般的傳了過來，讓林文只能先放下心中的困惑，連忙跟了上去。

他沒有發現到連地上那些破敗的武器和陷阱，都只剩下點點的白色碎片，至於那黑色所構成的一切，早就全消失在虛空當中了。

The summon is the beginning of trouble

Chap.6 黑與白的戰鬥

隨著步伐的逐漸深入，被綠苔和爬牆虎所布滿的石牆漸漸隱沒，取而代之的是黑色地磚的延伸。近似黑曜石所鋪成的地磚，將所有的光亮吞噬掉，讓視野陷入了神秘詭異之中，彷彿踩在沒有繁星的宇宙裡。

她獨自一人走在偌大的幻境之中，此時，只有她一個人寂寥的步伐聲迴盪在此處。

當腳步落下的時候，又是數十道的黑影從四面八方襲來，她抓著手中的鉑銀荊槍橫掃一劈，就把所有的黑影燃上白色淨焰，隕落成灰。

高溫和光亮照拂出她的面貌，深邃立體的五官，小巧細緻的臉龐，熱流擾動著燦金色的直長髮，彷彿太陽的餘暉未曾離開過她的髮絲……

曦發拍了拍沾染上灰燼的戰甲，再次往前踏出了一步。

叩的一聲，就這一步，映入眼簾的幻境驟變，她進入了一個房間，一個寬闊到看不著邊際、只有黑色所構成的房間。

四周如同墨池般的黝黑，她的左手一鬆，像是用手指抓著空氣間的什麼，手一拉扯，一匹由白色淨火所構成的純白戰馬，帶著熊熊燃燒的四蹄，從半空中成形落地。

她雙手一使力，身體攀上了馬背，手中的鉑銀荊槍槍頭上閃耀著光輝，彷彿星輝般，她驅馬奔騰。

隨著白色戰馬的四蹄奔騰，房間突兀的冒出了白色人偶，立體化的阻擋在曦發面前。由潔白所構成的人偶手中拿著各式武器，身上穿的戰甲樣式統一，就連戰甲上所烙的徽章也是一樣的。

手持各種武器的人偶沒有數千也有數百，原本遼闊的視野全被人偶侵占了。曦發見狀，冷笑了一聲，雙眼中的陰沉讓人不寒而慄，手中的長槍宛若滄海銀滔般的舞動著，「……我一定會找到妳，然後殺了妳。」

她宛若流星的奔馳，把所有的潔白人偶點燃，轉眼間火勢吞噬了整個房間，瀰漫在房間的熊熊火海，用著鯨吞的氣勢把人偶全數焚毀掉，但……戰鬥卻始終沒有停止。

幾乎是在被焚毀的當下，人偶就在另一處重新塑形出來。

曦發的淨火不停的燃燒與吞噬人偶，但持續不斷的戰鬥，使得淨火的溫度和範圍比起最初都縮小了不少。

操控如此遼闊的淨火，比起曦發最初的想像困難了許多，火焰的高溫更是讓她的精神開始渙散。終於，一絲的疲憊讓曦發走了神，馬上就反應在戰線上，戰線左翼的白色火海轉眼就被白色人偶撕裂了開來。

曦發看著那因高溫而扭曲的空氣，以及白色人偶扭曲的模樣。在火焰中，白色人偶化成了焦炭，烏黑扭曲著……看著那些焦炭，她想起了那雙可惡的桃紫色馬尾，特別是她的那句嘲諷……

「妳的火焰，越來越溫吞了啊。」

琳恩的面容與嘲諷彷彿就在眼前。

單純只是這道聲音就讓逐漸潰敗的淨火又壯大了起來，曦發用力咬著下脣，鮮紅的血液隨著嘴脣的撕裂而滴落，因為痛楚而讓她再度醒神過來，將潰敗的戰線又重新推了回去。

但也只是推回最初的模樣，看著眼前這彷彿永遠都燒不盡的房間，曦發突然想念起那狹窄熱鬧的房子……

打架、爭執、甚至是烹調或購物，這些事情距離原本的她已經陌生到連想像都不曾有過。

在神界，不會有人想要跟淨世聖女的她爭執，當然更遑論打架了。日常的烹調或購物更是想都不用想，現在想想……那次做的雜菜炊，味道能夠如此好，最訝異的人說不定就是她自己吧。

來人間還不到兩個月，所體驗的生活卻遠勝在神界的兩年。

這並不是說神界不好，而是神界就是一個如此詳和安定的界層。日常生活一日復一日，要說起今天和昨天的差異，有時連她自己都說不出來。

但就是神界這麼安穩不變的一切，才讓她對待在人間的這一個多月顯得著迷不已。

「真是糟糕，才來人間不到兩個月，就被人類的念舊感染了嗎？人類還真是恐怖啊！」她自言自語著，火海的燃燒距離終止還有一段不短的時間。

※　※◆※　※

空間在騷動著，不用任何的法術檢測，琳恩也看得出來。

不知從什麼時候開始，原先蔚藍的天空在不知不覺之中逐漸轉為灰藍，最終只剩灰撲撲的一片長空。就連幻境所構成的石磚和地板顏色也加深了。

彷彿有人在調色彩的明亮程度一般，將所有有關幻境的明亮度逐漸調暗，雖然因為身處其中而不容易察覺，但她是誰？這麼一點細微末節的變化當然不可能逃得過她的法眼。

她大概推敲得出這個幻境在發生什麼事情，但她煩惱的是……林文他能不能察覺得出來。

依照她對林文的了解，他應該可以察覺到不對勁，但感覺到不對勁跟知道發生什麼事，還有著一段不小的差距。

「琳恩，這個幻境有古怪。」耀慶的話語打斷了琳恩的心緒。

「你有看出來？」琳恩露出古怪的神情看向耀慶。根據她的觀察，耀慶的感知能力應該沒有察覺出來的能耐。

但耀慶沒有多解釋什麼，只是從包包中抓出一臺好像舊世代手機外觀的儀器，銀白色的外觀，只有簡單的幾枚按鍵，儀表板上的波形正如同彩帶一般不斷的上下抖動著。

「空間中的敵意上升了七個百分比，空間的穩定性卻反而不斷跌落，再這樣下去這個空間會崩坍。」耀慶指出儀表板上各式各樣的分析圖，冷靜的解說著：「而我們要是在那之前沒有找到出口的話，我們將會跟著殉葬。」

「人類的科技老是讓我嘆為觀止，繼微波爐之後，這還是第一個能讓我讚嘆的道具。」琳恩讚揚的說著。

「我想設計者聽到應該會非常高興，但現在我們可能要把重點鎖定在離開這個幻境。」耀慶笑了出來，但眼神中的焦慮卻完全沒有隱藏住，「妳可能不知道，偵查的原則是以安全為首要原則。」

「由你說出這句話會不會太沒有信服力了？」

琳恩的調侃讓耀慶尷尬的抓了抓頭。

不知道幻境裡面是什麼就闖了進來，這是注意安全？結果傷重到差點成了植物人卻繼續選擇深入，這也算注意安全？

一想到這裡，琳恩就笑了出來。

「我不是指我。不是！這不是我死鴨子嘴硬，而是……林文副教授若是沒有監測儀在身邊，想要發現這些預兆，應該是不可能的事情。」

耀慶注意到琳恩的白眼，連忙否認，他用手指骨敲了敲監測儀，「我不能讓林文為了這件事情賠上性命。神族的內鬥要牽扯，最多也只到秘警署，至於林文……他應該享有研究的權利。」

看著耀慶那真摯的眼神，琳恩幾乎就要忘情的鼓起掌了。

只能說侍奉林文實在太久了，那位將所有時間奉獻給所羅門的宅男，幾乎都讓她快要忘記人性的光輝了。她都快有一種每天只是固定上發條，讓林文這臺論文發表機可以持續運作的錯覺。

結果還是耀慶的話語，讓琳恩想起了人類同胞之間的愛與關懷……

想到這裡，她作勢用指節擦了擦眼角。

「……琳恩！」耀慶緊張的喊了出來。

耀慶完全看不懂眼前這位惡魔女僕的舉止有什麼含意，他又不是在說什麼淒美動人的愛情故事！拭淚是在拭什麼碗糕？

「好啦，所以……你需要我先把你送出去嗎？」琳恩似乎終於演戲演夠了，雙眼慧黠的望向耀慶。

……現在是琳恩聽不懂中文，還是他有幻聽？耀慶愣了愣，完全沒辦法反應過來。

「我說現在不知道情況的是林文，他可能即將身陷危機！妳不應該先擔心妳的主人嗎？」耀慶腦袋有點打結的說。

「但你不也身陷危機？別跟我說你只要想出去就可以出去，真要是可以出去，你會犯得著重傷到需要我救助？」琳恩嫣然一笑。

「那、那……林文怎辦？」耀慶傻眼的回問。

他當然知道琳恩說的沒有錯，但現在的重點不應該是林文嗎？

「放心，我向來相信船到橋頭自然直，那興許是林文的劫數也說不定。」琳恩故作道貌岸然，理著她根本就沒有的空氣鬍鬚，用算命師的語氣回答。

「……妳想要殘害主人。」耀慶左思右想琳恩的所言，就只能推出這樣的結論。

「相信我，這一切都是為了他好。」琳恩笑了，邊說著，手指邊輕觸到耀慶的前額。

一陣冰涼的觸感從額間瞬間竄過全身，耀慶幾乎還來不及說任何話，就消失在幻境當中了。

「嘖嘖……這筆帳該怎麼算呢？」琳恩賊笑兮兮的看著幻境的另一端，那只是一面石磚，完全沒有任何道路，「因為你，我被人家認為心腸歹毒了，這就是美女得被誤會的宿命嗎？歷史如此，我也是如此……想想也真是無奈呀……」

她歡愉的說著，雖然從她的臉上完全看不出任何的惆悵和無奈就是了。

另一方面，躺在柏油路上的耀慶驟然清醒了！

全身不停的發抖著，活像是剛剛去玩冬季泳渡的感覺，但他真的掙脫幻境出來了，雖然這和他的努力並沒有任何一點關係就是了……

「該死！現在不是躺在地上發抖的時候了！」他怒吼了一聲，強硬的逼自己把身軀撐了起來。

看著眼前依舊浮在半空中的神族文字，他咬了咬牙從包包中抽出手機。

「喂，局長嗎？大事不好了……林文他們連同曦發有可能葬送於幻境之中！我這裡的地址是——」耀慶一邊吩咐著，一邊著急的來回踱步，「對！所以我需要處理空間相關的法師，還有……能夠制服惡魔的驅魔師。」

「林文的使魔可能要背叛他了。」他必須做最壞的打算，雖然不願意這麼猜想，但琳恩最後的笑靨始終在他腦海中揮散不去。

※　※◆※　※

隨著耀慶的離去，空間再度變化了。原先的石牆化為低矮的木柵，雖然依舊無法通行，但濕軟的大地卻取代了原先的地板，而當林文的腳步碰觸到地面的瞬間，他終於停下了腳步駐足。他輕聲的細唸著，利用召喚書感受著和琳恩之間的聯繫。

果然，魔力之間的阻礙變小了。這當然有可能是琳恩和他的距離縮短所致，但假如他猜想無誤的話……他苦笑著回頭看了眼來時的長路。

遠遠的，幾乎是在視野可見的最遠端，那微不可見的木柵逐漸腐爛……

「辰燦，等等！」林文的聲音中斷了辰燦的快步。

「曦發就在前頭，我可以感受到她的神息！」辰燦望了眼前方，按捺不住的說了出口。

「但這空間正在坍塌！」林文抓住了辰燦的肩膀，嚴肅道：「依照我的推測，這空間可能連一小時都撐不到了。」

「那又怎樣？我說過了！」辰燦掙脫了林文的手，怒聲喝道：「任何困難都無法阻擾我逮捕她！」

「抓到她，自己卻死在空間的崩塌中，有意義嗎？」林文困惑的回應。

「不會的！我會在空間崩塌前把她抓住帶回神界去。」辰燦自信的說道，甚至說到最後高聲反問著林文：「而且要是我們都因為擔心空間的崩坍而離開這裡，不就又給了曦發逃跑的機會！」

「反正不管我說什麼，妳都不會打退堂鼓就對了。」林文實在很想敲暈眼前的辰燦，但他很確信真的動手起來，應該是他被敲暈比較有可能。

「我只說一次，我絕對不會逃避。」辰燦眼中的執著，深沉得讓林文安靜下來。

空間的騷動越發明顯，遠處也開始有著些許的扭曲。林文和辰燦兩人幾乎是拚了命的向前狂奔著，視野忽然開闊……但卻只看到燃燒熊熊淨火的房間，各種殘敗的人偶彷彿焦屍般的躺在白色淨火之中焚燒、扭曲、焦黑。

當幻境轉換成房間的那一剎那，辰燦於第一時間就閉起了雙眼，眼前的慘況讓她完全沒有辦法直視，她心裡知道那些都只是人偶，但是當那些人偶被淨火焚燒得不成人形時，又有誰知道人偶之中會不會穿插著真正的生靈……

一想到有這種可能，就讓辰燦開始反胃想吐。

「這種火焰是曦發的淨火。」林文小心翼翼的蹲下來研究著火焰，白色的淨火中所散發的神息，毫無疑問是曦發的。

「所以曦發她就在前面？」辰燦握緊了長刀，看著林文一眼，「如果你沒有辦法觀看的話，就先退出去吧，視情況我可能不得不就地處決曦發，而你應該沒有辦法接受這樣的畫面吧？」

「我說過了，都來到這邊假如連看都沒看到，那我還不如早點收拾收拾回家研究不是比較快活？」林文搖頭拒絕了辰璨的提議。

「好。」辰燦也不再阻止林文了。

兩人的視線在半空中交錯著，好不容易搜尋到遠處隱約有扇門。兩人一同奔至門前，只見這扇雙門石扉上面有著各種神族華美的雕飾，他們深吸了口氣，一同推開了沉重的石門。

就在石門敞開的瞬間，眼前的一切，卻又讓辰燦幾乎忘記了呼吸。

那是象牙白作為基礎色調的神殿，由白色大理石所建造出的雄偉壯觀瞬間映入了眼簾，七十二邊形作為神殿的柱子，牆壁之上雕飾著各種神話時代的故事，每隔幾公尺的篝火將神殿照耀得閃閃發光。抬起頭一看，天花板處刻劃著一柄長刀和天秤交錯重疊的圖案……

「這裡……是審判神殿。」

辰燦的呢喃依稀傳到了林文的耳內。

林文用手掌摸索著柱子和牆壁，在白潔如新的石面上……出現了刮痕。他彎下了腰用手指沾了沾刮痕處，白色的石粉隨著手指的磨擦而飄落。

「這道傷痕是新的，不是幻境原本就有的。」林文看著只有仔細凝視才看得到的刮痕，在白色大理石之上那刮痕幾乎無法可見，「不只這道，這裡發生過戰鬥，而且持續了一段時間才結束。」

「不，戰鬥仍未結束。」辰燦將耳朵輕貼在神殿牆壁上，鏗鏗的金屬碰撞聲正不斷從審判神殿的內部傳了出來。她問向林文：「觀察情況？」

「好。」

林文和辰燦互看了一眼，像是呼應彼此的想法一般，兩人同時拿出了召喚書和長刀，躡手躡腳的走入神殿內部。

沿著神殿長長的迴廊走著，沿途的牆面上滿是刮痕和裂痕，火焰灼燒過的痕跡隨處可見，神殿的地板更是因為激烈的戰鬥過而崩碎開來。

當他們兩人屏住呼吸繞過長廊的最後一根梁柱，小心翼翼的將頭從柱子後方伸出時，他們看見了一抹白影和黑影之間的激烈戰鬥。

白影是駕著淨火駿馬的曦發，身影在梁柱間不停的奔騰迂迴；黑影則完全看不出來，究其因是黑影的面孔正不斷變換著，彷彿異形般的扭曲變化。

辰燦握著長刀的手心逐漸生出冷汗，她的雙眼彷彿狩獵般的緊盯著曦發不放。

但林文卻相反，他的雙眼透露出了完全的疑惑。

又是一股濃烈的違和感……從踏進這幻境時，林文就感覺到各種突兀。

為什麼神族的文字能構築出意識的幻境？這不合理。如果是夢魔之類的種族就有可能，但神族在精神方面的法術知識應該頗為薄弱才對。

當然，神族也可能會有人擅長於精神相關的法術，但那也應該是學者之類，而不可能是征戰無數的曦發，因為精神相關的法術在瞬息萬變的戰場可以說成效甚微。

林文越是猜想著，就越覺得這一個複雜多變的幻境，始作俑者應該不會是曦發……更何況，如果這個幻境真是曦發所建立的話，那此刻的她是在跟什麼戰鬥？

正當林文還在納悶的時候，戰鬥的平衡卻改變了，曦發胯下的駿馬用後腳站立了起來，刺眼的光輝伴隨著灼熱的熱流在瞬間襲捲了那抹黑影。

全身燃焚著淨火的黑影張開了下顎，卻完全沒有任何聲響破出，那無聲的咆哮則讓林文他們心神一顫。

黑影倒在地上不停的翻滾著，但淨火卻完全沒有湮滅的跡象。

火焰正在吞食著黑影的體力和生命，黑影在火焰中不停的掙扎著，到最後終於停下了動作，癱在地上一動也不動了。

曦發像是終於鬆了口氣般，脫力的鬆懈下來，胯下的淨火白駒隨著她的鬆懈也跟著熄滅。

曦發將鉑銀荊槍直插於地面，將其作為枴杖支撐著身子。

「曦發！」辰燦的怒吼聲劃破了寂靜，她終於忍不住的從柱子後方走了出來，她手中的長刀即便在陰影中也沒有任何暗淡，「我來把妳帶回天界接受審判。」

「辰燦……這次誰也沒有辦法逃走了。」曦發像是早就預料到辰燦的出現一般，她的汗水像是瀑布般的從頰間滑落，滴滴落落的在地上濕成一小灘。即便如此，她的氣勢也沒有任何的退縮。

凌厲的視線伴隨著白色的淨火於周圍釋出，遠遠的看就像是被荊棘所包圍的女武神。

兩個人都不為所動，兩個人都在等待對方露出破綻。

戰況一觸即發，而打破平衡的是空間的撼動。

在天搖地動之中，是辰燦的刀鋒先落下的。冷寒的刀鋒就像是新月一般的緊貼著曦發，曦發的目光卻沒有鎖定在刀刃之上，而是一掌直接推開對手持刀的手腕，另一手單臂直接將銀槍刺出！

辰燦勉強一個側身，才避開了銀槍的槍頭，但卻沒能閃避掉炙熱的淨火，她臉色一變，拉開了距離，拍滅了腰間的淨火，痛苦的喘著氣。

林文為難的看著兩人戰鬥，就算對武術只是外行人的他，都可以藉由這一次的交手看出戰鬥的勝負……

比起辰燦，曦發的戰鬥幾乎可以用熟練來形容，她幾乎輕描淡寫的就可以化解辰燦的攻勢。相對的，辰燦卻連曦發的反擊都沒辦法全身而退。

曦發淡淡的搖了搖頭，看著辰燦鬥志仍存的雙眸，她只是冷冷的繼續注視著辰燦。

她是淨世聖女，只有神界最驍勇善戰的英雄才能獲得此稱呼。相對的，辰燦只是斷罪之使，也許她們都同樣是在殺人，但不同的是，辰燦殺的很多人都是早已戴上枷鎖的罪人。

而她可是從血淋淋的戰場中脫穎而出的！

對於戰鬥的認知和覺悟，兩人相差得實在太大了。

但曦發還是沒有鬆懈警戒，如果戰鬥這麼容易就能分出勝負的話，那她當初就不會重傷到跌落人間了。

另一方面，辰燦當然也感受得到實力的差距，她痛恨自己的無力，奮力的握拳，幾乎要將指甲刺入掌心。

「我是斷罪之使，所斬之人非惡即罪，死不足惜。我冷血無情，所傷之人必將至死方休，以顯主威。」

神殿突然吹拂起一陣刺骨寒風，摻雜在風聲中的聲音，讓曦發全副武裝了起來。

辰燦低頭咬牙忍著疼痛的開始吟詠著咒文，她雙眼中的情感幾乎隱沒，只剩下目光鎖定著曦發。

「……來了呀。」曦發正色的說，她罕見的有些緊張。

辰燦手中的長刀不知何時已經泛染上一股緋紅，彷彿垂涎著血水的長刀，在一瞬間朝曦發的頭顱落下！

曦發一個踏步，手中的鉑銀荊槍反方向的刺向地上的長影，另一手抓住了辰燦的手腕，一個旋步就將辰燦整個人摔飛了出去！

在這電光石火之間，林文摀著嘴愣然不已。

就在剛剛林文還以為是曦發恍神，槍頭和槍尾沒有分清楚，但當鉑銀荊槍刺入影子中的時候，他確實的看到了，那是金屬相交時的火花。

「時間差攻擊，來自兩個截然相反的方向，第一次被妳的這招暗算到，第二次妳以為我還會中同樣的招數嗎？」曦發吐了口氣，她看著倚在牆上遲遲沒有動靜的辰燦。

「我不能輸。」辰燦呢喃著，與其像是宣言更像是說服自己，她的話語彷彿黏滯的泥漿般，讓聽者難以呼吸。

「妳已經輸了。」曦發搖頭。

「我是公理與正義的代表，我不能夠輸在這種地方！」辰燦的怒吼聲傳遍了整座神殿。

聽著這句話，曦發皺了皺眉，她手中的長槍高舉了起來，眼看就要貫穿辰燦的心窩時，林文的手適時拉住了曦發的肩。

「林文？你怎麼會在這裡！」曦發張大著眼看向林文。

「所以曦發妳真的打算要殺了辰燦？」林文不安的問著，看著曦發愣住了會，但還是確實堅定的點下了頭，他的心都涼了半截。

「這都是我的錯……」曦發的眼神黯了黯，她看向掙扎著爬起來的辰燦說道：「所以至少要由我殺掉她。」

「什麼錯不錯，殺不殺的——」林文轉過頭看著復仇心切的辰燦，心中一陣難過，他張開了手臂擋在曦發和辰燦之間，「雖然我不是什麼廢死聯盟，但辰燦她是個好人，妳要殺掉她的理由到底是什麼？」

「林文讓開！」曦發見狀，著急的飆喊了出口。

「我不讓。」林文握著胸前的水晶項鍊，固執的完全不願退讓半步。

「那你至少不要背對著她啊！」

曦發驚慌的語調讓林文怔然了會，下一刻他看見周圍空間陷入了一陣扭曲，接著手中的水晶項鍊像是被子彈貫穿了一般，瞬間從他的手掌心碎成一地的水晶碎片！

在混亂當中，他看見了曦發正面抱住他，一柄由黑影所擬形的長刀從前方的幽影中竄出，將曦發的後背由右上落至左下的劃落！如果曦發沒有抱住他的話，那一刀理應是將林文的鎖骨、肋骨等全數破開的致命傷……

紅色的噴泉從曦發的後背噴濺而出，溫熱的血液滑入了林文的衣領當中，林文幾乎是茫然的別過了頭。

辰燦仍然拿著那把不祥的血紅長刀，伸出了舌頭舔著從髮絲滴落的血水，那被血液染紅的瀏海遮住了她的眼眸，林文只看得到她那瘋狂的笑靨，就像是拿到糖果的小女孩般雀躍。

「以喚者之名，百刃之君，現。」

林文乾枯的喉嚨吐露著最短的召喚咒文，掉落在一旁地上的召喚書幾乎是在「現」字語畢時，發出燦爛奪目的光輝。

辰燦卻完全不給林文召喚完成所需的時間，高舉著刀就要迎面劈落了。

林文看到了周圍五柄黑影所擬形的長刀從各個方向斬落而下，但他只是視而不見的將曦發輕鬆的抱了起來，也許是心中的震撼讓他完全感覺不到重量，他直接將曦發攔腰抱起。

「霧洹，幫我護法，我要召喚琳恩。」他像是對著空無一人的虛空叮囑，連理會都沒有理會辰燦的攻擊，邁開了步伐就大步穿越出去。

眨眼之間，數百柄天青色的飛劍風暴從高空穿落而下，如同驟雨又彷彿龍捲風，將那五柄黑影長刀連同辰燦全數抵禦、吞噬、擊飛！

在刀光劍影之中，穿著天青色道袍的霧洹，腳踏著紫青鋼劍現身。

她想像過很多次降臨的畫面，但就是沒有這麼令她哀慼的畫面。

林文染著曦發鮮血的身影，讓她因修仙而平靜的心都動容了……

事實上，霧洹從未回歸仙界，而是一直藏身在林文的召喚書亞空間待命著，隨時準備危急時可以直接回應召喚而降臨，林文當時說這是保險……

而她一直不希望這道保險會有履行的一刻。

雖然短暫，但相處的那些天讓她不願意跟曦發刀刃相向，所以當林文詠唱召喚時，她有些為難的降臨了。

但……如今看來事實遠遠超出了他們的預料。霧洹看了眼曦發的傷勢，原先淡泊的神情爬上了一絲的憂傷。

「我不會讓她過去的。」霧洹垂下了眼簾，淡淡的回應林文的要求。

身旁數百柄的飛劍拼出了那天青色的帷幕，完完全全的將林文他們的身影遮蔽住。

看著眼前一片的天青色，被擊飛的辰燦眼底裡有著清醒的瘋狂。

她滿是傷痕的又爬了起來，原先潔白的神殿逐漸被黑影爬上，一把一把的……無數的黑影長刀從神殿的四面八方浮出。

霧洹嗅聞著空氣之中隱隱一絲墮落的氣息，嘆道：「妳已經墮落了。」

「我，不會墮落，我！制裁墮落！」辰燦的喝斥撼動著神殿的幻影。

一瞬間，黑影和天青激烈的全數衝入了對方的懷抱裡……

神殿在震動……不，應該說是整個幻境在震動。

霧洹的現身加速了幻境的崩坍，但這些林文此刻都不在意，因為心中的懊悔幾乎要淹沒了他。

要不是他自以為辰燦是好人，要不是他自恃著有護身符可以擋下第一擊，要不是這些要不是……曦發根本就不會受到這麼重的傷勢！

「我以為我相信妳，但我半吊子的信任卻害到了妳。」林文的眼眶裡滾落下淚珠。

「這……不、不是你的錯……」曦發臉色蒼白的泛出微笑，她的話語因為血水湧出而不時中斷：「我、我……以為我可以將她的心魔全數焚去，但看……樣子是失敗了……」

「妳不要說話，我現在就召喚琳恩，她一定有辦法可以治療好妳的！」林文手慌張的抓起召喚書，但眼角餘光卻看到曦發微弱的搖著頭，他生氣中夾帶著急的痛罵：「妳這笨蛋！妳都要死了！還在乎琳恩的惡魔身分嗎？」

「如果……上次那點傷都要拖一個月，這次……應該只能無力回天了。」曦發痛苦的望了眼地上那一大灘血液，她第一次知道原來身體是可以流出這麼多血的。

傷口……林文看著這些血液，腦海裡猛然浮現出琳恩當時的話語。

「但那其實是靈魂的傷口，說白一點有點像是墮落——」

「曦發！和我簽訂一生的契約吧！」林文突然緊抓著曦發的手說道，假如真的如琳恩所說，那麼只要簽訂契約就行了。

「……一生？我都快死了。」曦發露出苦澀的微笑，她實在不懂林文在想些什麼，和一個快死的神族簽訂契約的意義何在？

如果不是因為她深知林文的為人，她一定會認為是對方想要將死後的她化為殭屍又或者幽靈奴役。

「相信我，我不會讓妳死的。」

林文緊握著曦發的手，被水晶項鍊所炸傷的掌心流下的血液和曦發的血液交融在一起，他溫暖的淚水隨著哀求的話語落下，滴落在曦發那美麗蒼白的臉龐上。

「和我締結契約吧，妳的靈魂和我的靈魂從此交錯疊合，我們既是個人也是群體，只要妳願意，妳願意就好……」

「真受不了……男兒有淚不輕彈……那……就只好願意了。」曦發無奈的說著，她知道這只是徒勞無功的嘗試。

……已經沒有時間了，她的眼前逐漸發黑，在視野完全變黑之前，最後她看到的是林文那喜極而泣，眼淚鼻涕全混在一起的古怪模樣。

一瞬間，就在曦發同意的那一瞬間，林文的召喚書發出燦爛耀眼的光輝，但和以往不同，這次他的召喚書沒有無風自動，也沒有和空間相互呼應著，只是浸在血水中的召喚書封面由原本的四道神秘符文，硬生生隨著光的起伏蝕刻出第五道符文。

如果曦發此刻還有意識的話，她就會發現到，那道符文正是上古時代象徵著神的代表符文。

曦發的身體發出陣陣的、微弱的白色光輝，一旁林文的身體也開始散發光暈出來，像是各種顏色的集合體，有著紫、黑、綠、青四種顏色，不知情的人可能會以為他身上綁纏著霓虹燈之類的道具。

但，事實上並沒有。林文隱藏在背後的刺青像是呼應召喚書上的律動般，不斷的閃爍著光暈，隨著召喚書封面上的變動，連帶的也開始刻劃相同的符文於背上。

「以喚者之名，吾與汝締約，此約年年不斷，歲歲不分，就此一為全全為一，直至魂飛魄散焉成絕。」林文唱著咒文，看了一眼昏迷過去的曦發，他連一絲猶豫都沒有，深情的彎下身子輕吻著她的前額，用溫和的語氣繼續吟唱完：「約既成，魂……構築。」

召喚書上的光暈化為了七彩琉璃般的光流，環繞在林文和曦發的身軀之間，構築靈魂的脈動連帶衝擊著整座幻境，讓幻境的崩坍更為嚴重，但仍然沒有人急著逃命。

殺紅了眼的辰燦自然不用說，身為劍仙的霧洹更是早就將生死置之度外，而林文和曦發兩個人在光流之中，只是全心全意的交換著彼此的靈魂，完全沒發現空間即將瓦解的事實。

※　※◆※　※

一道人影盤腿坐在地上，仰著頭，她的臉上掛著神秘的微笑。

她的手緊緊抵著幻境的大地，眼前是一幅幾乎跟電影院有得比的大螢幕，要不是因為她必須一隻手抵著幻境不放，她一定會用最快的速度穿梭出去買爆米花和可樂來觀戰。

「哎呀哎呀，真是的……難得我沒有趕上這次的熱鬧。」琳恩遙遙望著螢幕上林文等人的影像，抱著惋惜的語氣說著。

琳恩的身旁盡是嘶吼不斷的黑色人偶，人偶詭異得像是多年前流行過的開心農場一般，只不過沒有溫馨，只有驚悚——它們全數都被種入地面裡，只露一顆頭出來。

……它們失算了！它們原本打算要在這裡掌控幻境的生成與毀滅，這是它們的殺手鐧，視情況不對，就打算和敵人玉石俱焚。

但這名惡魔女僕卻像是擁有透視眼一般，直接準確的打破磚牆，來到了這根本沒有通路可以抵達的核心處，才剛跨足到這幻境核心處的當下，就輕輕鬆鬆的把所有黑色人偶栽種在了地面裡。

在琳恩闖進來的那一刻，和瘋狂為伍的它們原本想要直接引爆整個幻境，但琳恩不僅阻止了它們的意圖，甚至在幻境瀕臨瓦解的現在，還不斷的調整幻境的魔力參數，試圖維持幻境的運作。

這幾乎是不可能的任務，這只是一個幻境，是可以不斷變化沒錯，但理應不可能承受得起墮落的神和劍仙的戰鬥，而現在雖然外圍已經塌陷得一塌糊塗，但至少林文他們所身處的位置還是穩妥的堅持住。

「妳到底是誰？」身為控制核心幻境，少數擁有語言能力的黑色人偶憤怒的質問著。

「我？一名即將角逐《不〇能的任務》系列電影的未來女明星。真是的……我都開始後悔把你們種那麼深了，這樣原本應該享受到的掌聲都聽不到了。」琳恩略帶苦惱的說著，笑看著黑色人偶的各種憤慨，她臉上的笑意不斷的加深。

The summon is the beginning of trouble
Chap.7 事件結局總是要死人？

此時，在曦發的眼中，所有的一切都在剝離，世界的顏色開始亂序了。

她用不解的神情望向林文，林文那因為久未曬太陽而白皙的臉龐，此刻在她的瞳孔之中只看得到七彩斑斕的絢爛，就連那黑白參差的亂髮也都像是爬滿彩虹般的混亂……

但與之相對的，天空是灰色的，不是烏雲密布，而像是有人不小心將眼前的一切調成灰階的詭異。

那過於深灰的太陽，讓曦發不知所措起來。

……是不是死去之後的世界，就應該是如此的怪誕和扭曲？她恐懼的抱住了頭，但當看到自己的手時，她驚恐的叫了出來。

她正在被侵占！

原先潔白的身軀，卻被其他四種顏色侵占了，黑、紫、青、綠四種顏色從林文的身體不斷流進她的體內，她掙扎著想要將林文推開。

林文彷彿知曉她的恐懼一般，將她深深的攬入懷抱當中，如此溫柔的手勁像是深怕再用力一些她就會化成了泡沫。

「沒事的。」

溫和的聲音遏止了她的慌亂。

林文的聲音迴響著，不是從耳朵，也不是腦海中，而是她全身的每一處都感受得到林文的意念和想法。

她終於清楚林文在做什麼了，曦發的淚水幾乎在明瞭的瞬間就決堤了。

「你的靈魂分享給我，那你要怎麼辦！我不是為了讓你犧牲而擋住那一刀的！」她用力抓著林文的衣服哭訴著，用力到指關節都發疼的地步。

「不會怎樣的，我的靈魂早已支離破碎，能夠存在於人世也只是不斷契約的結果。」林文微苦的淡笑，讓曦發屏住了呼吸。

她用盡全身去感受，林文、霧洹、琳恩……包含自己，至少有五種截然不同的靈魂，用著馬賽克拼圖的方式拼湊出林文的靈魂。

——怎、怎麼會這樣？

曦發將臉貼在了林文的胸前，注視的雙眼因為淚水而朦朧，這些拼湊的靈魂頑強的組成了林文，卻又脆弱得彷彿一用力就會像沙堡般瞬間瓦解。

「知道是這樣的我，妳會嫌棄的拒絕剛剛的契約嗎？」林文低聲詢問。

——狡猾……實在太狡滑了！明明就知道我根本不會拒絕的！

曦發握緊掌心用力搖頭，「笨蛋！我怎麼可能會嫌棄……大笨蛋！」

「——魂之諾成，構築終了。」林文的頭靠在曦發的耳際，說出了最後的終結句。

刺眼的光輝翻捲了整個幻境，讓她不得不闔上了雙眼。雖然看不到天空，但曦發知道……黎明到來了。

※　※◆※　※

依舊是刀與劍的碰撞，滿是破敗的刀劍散落在這幾乎快要瓦解的神殿。

雖然霧洹沒有小看辰燦，但不可否認的，戰鬥正一點一點的朝霧洹不利的方向傾覆。

有可能是因為她們的戰場早已被辰燦支配的緣故，但最大的原因應該是靈魂的喪失……霧洹心中如此推斷著。

即便林文沒有告知她，但她還是感受得出自己在剛剛喪失了一部分的靈魂，雖然喪失的量不會到無法動彈的地步，但在極端的戰鬥中，這點靈魂的喪失是絕對能左右影響戰局的。

對於飛劍群的掌控力減弱，轉眼就讓黑劍分割開了飛劍群，看了眼被黑劍劈斬成廢鐵的飛劍，霧洹的嘴角溢出了一抹鮮紅。

「霧洹！」

林文的聲音從後方傳了過來，他撐著因為虛脫而顫抖的膝蓋，眼中的擔憂不言可喻。

「從來沒有打算讓你替我擔心的。」霧洹呢喃著，她的話語彷彿宣告又宛如妥協：「……就斬吧。」

成仙之後，她一直避免著無謂的殺戮。

就算眼前的辰燦墮落了，但只要還有著些微的可能，她的原則就讓自己無法出手攻擊。

正因為如此，她才一直被動防守到眼前的這副窘況。

如果就這樣不上不下的斬了辰燦，縱使獲勝，她心中的疙瘩也不會消失，視情況這塊疙瘩很有可能成為日後的心魔，誘使她墮落成邪劍仙。

但這些東西……都無法和林文擔憂的眼神相提並論。她早已決定，要用自己的一生一世守護著他的。

腳下的紫青鋼劍倏然竄到了霧洹的手中，她身輕如燕的翩翩落下，龐大的飛劍群彷彿找到了歸宿一般，全數緊貼住霧洹手中的鋼劍。

她手中的劍動了，輕描淡寫的一記刺擊，所引發的衝擊便將擋在路徑上的黑刀全數攔腰折斷，可這一擊卻僅僅擦過了辰燦的衣側，只差一點就能穿過她的身軀。

死裡逃生的辰燦表情首次出現了驚懼，她退開了和霧洹保持著一段距離，警戒評估著。

被觀察著的霧洹，卻皺了皺眉頭，只有她自己知道，剛剛那一擊理應直接得手的，但心中的猶疑卻在緊要關頭迫使她偏轉了手腕，所以才讓辰燦閃過剛剛那一劍。

霧洹又將鋼劍舉起，像是要證明自己已經拋棄了心中的猶豫一般，轉眼又要刺出，但一隻手卻彷彿鐐銬般的鉗制住了她的手臂。

「不要勉強自己，況且妳現在的所作所為，不是更讓那個笨蛋擔心了嗎？」

身上衣物滿是血汙的曦發，制止了霧洹的攻擊，看著霧洹驚訝的表情，彷佛對於自己的想法被猜透而感到震驚，她嘴角微彎著說：「我才剛締結契約，可能是因為這樣，妳的心聲我聽得很清楚。」

「她墮落了。」霧洹看著離自己有一段距離的辰燦，問曦發：「妳下得了手嗎？」

「可以的，因為錯誤的起點都是來自於我。」曦發嘆了口氣，眼中複雜的情感流露而出，「是我身為姐姐的失職，所以才讓她墮落的，所以讓我來吧……我是打上結的人，自然也應該由我來解開這個結。」

曦發的雙眼澄澈且堅定的望向霧洹，霧洹將手中的紫青鋼劍放回了背上的劍鞘中，退到了一旁去。

「十分鐘，我只能給妳十分鐘的時間，這個幻境雖然目前看似安定，但實際上已經到了什麼時間崩坍都不足為奇的地步了。」霧洹淡泊的說著。雖然她是這樣對曦發宣告，但她心中明瞭，這十分鐘對她來說，又何嘗不是多給自己說服自己的時間。

曦發深吸了一口氣，如果這裡是真實的空間，那麼剛剛那種被刀劈斬程度的重傷，自己肯定現在連站都站不起來的。

而如今在和林文簽訂契約之後，她的靈魂痊癒，不……應該說是靈魂改造，顯而易見的，她在幻境之中的身體也跟著完全痊癒了。

也就只能慶幸這裡是意識空間……

說來真是可笑，當初她就是為了將辰燦的黑暗焚滅，才特意利用長老們傳授的秘術，把辰燦引誘到這意識空間之中，原本以為只要把所有的黑色人偶都燒毀掉，就能讓辰燦的墮落消失……現在看來，那終究是痴人說夢。

結果長老們假裝聽信辰燦的話語，將她派來人間的苦心，和自己精心布置的意識空間全都白費了。

「那……至少讓我送妳最後一程吧，妹妹。」曦發手中的鉑銀荊槍閃動著銳利的寒光。

辰燦和曦發的身影在不停的交錯又疊合，她們倆的身影像是雙人芭蕾舞者般，偌大的舞臺上只有兩名舞者奔騰著，在容貌和武術上有著近乎重疊的輪廓，美麗的兩位佳人所舞出來的卻注定是場悲劇。

曦發的銀槍好幾次都要將辰燦洞穿，但辰燦卻絲毫不退讓的用著死纏爛打的方式還擊。

要不是那近乎詛咒的法術、要不是黑影中蠢蠢欲動的無數黑刀，辰燦早就落敗了。

點點的閃爍自兩人再一次的交錯而落下，恢復了些許氣力的林文，注意到了那些閃爍……

「那是淚水。」霧洹像是知道林文即將發出的提問，倏然說了出口：「兩個人都正在哭泣著。」

林文遙望著曦發那哀戚的面貌，晶瑩的淚水順著淚溝滴落；相對的，辰燦的神情就怪誕了許多，她掛著笑靨的淚水，只是讓曦發看了更加心痛。

「不對。」林文看著那灑落的淚水，腦中想起他和辰燦一起經歷的路程，隨著思考的深入他猛然道：「既不對也不合理。」

「什麼不對？」霧洹眨眼，她完全聽不懂林文在說些什麼。

林文抓著腦袋，雖然這樣想很天方夜譚，但他腦中所設想的離譜假設，卻是眼前最合理的解釋。

他邁開了大步，霧洹見狀立刻抽出了紫青鋼劍尾隨追上。

林文的身影幾乎已經踏入了戰鬥圈，看著曦發對著他的破口大罵，他只是將視線轉向辰燦，完全的充耳不聞。

眼見自己的喝斥完全沒有成效，曦發緊抓著鉑銀荊槍氣到發抖，要不是林文身子骨弱，她一定會衝到旁邊一腳把他踹到安全的地方去。

……他站得那麼靠近戰鬥的地方，是喜歡上生死一線的刺激感了嗎！

清了清喉嚨，對著高舉黑刀的辰燦，林文開口了：「妳到底是誰？」

「她是辰燦啊！那柄長刀是斷罪之使才可以使用的神器，不可能是別人。」曦發惱怒的替辰燦說出口，如果可以，她當然很想相信眼前這人並不是自己的妹妹，但那是只認定主人血液的神器，是最讓人無從辯駁的鐵證。

「曦發，我不是問妳。」

林文用責怪的眼神瞪了眼曦發，轉過頭深吸了口氣，對著傷痕累累的辰燦提問：「妳的名字是什麼？」

「呵呵，我以為會是姐姐察覺出來，沒想到竟然是你。」辰燦露出終於被識破的可笑神情，她笑到全身抖動不已，「我……沒有名字！」

聽著辰燦的回應，曦發和霧洹都瞪大了雙眸，全然不可置信。

這並不是拒絕回答的說法，而是坦率的直接說出口，正因為如此，曦發和霧洹才會如此的驚訝，因為……對方的表情完全沒有任何的變異，沒有痛楚、沒有苦難，什麼都沒有。

「她沒有說謊，如果說謊的話，言靈早就重傷她了，就算神族墮落……不能說謊就是不能。」林文全身打了個寒顫解說著。

他之所以會被辰燦偷襲成功，就是因為他相信了辰燦的話語，是辰燦親口說出審判神殿的血案，是辰燦用著嚴正的態度指稱曦發為凶手。

而之所以相信的依據，就只是因為言靈沒有反噬。沒有任何法術或防具可以抵抗言靈的反噬，因為那是來自於自身的心靈、自身的魔力，自己要怎麼防禦自己的攻擊？

「六界之中要能夠說謊而不被反噬，只有兩種可能，一是自己根本不認為是謊言，二就是自己是人類。」林文眼神嚴厲的瞪向辰燦，「妳不可能是人類，所以就只有妳的記憶根本認定曦發為血案凶手的這項可能。」

「告訴我，是妳攻擊審判神殿的沒錯吧！」

看著對自己提問視若無睹的辰燦，林文心中的怒火一瞬間竄升起來，「霸占著辰燦的肉體，編織出虛假的記憶，甚至讓她們手足相殘，這樣妳還可以笑得出來！」

匡的一聲，曦發手中的鉑銀荊槍落地了，她用著不可能的神情望向辰燦，顫聲道：「可是神族被奪舍、附身，這……怎麼可能……」

「讓她們手足相殘？奪舍？附身？」辰燦咧嘴笑著，重複唸了一遍，又笑道：「我……也是妳的妹妹啊。」

她凝視著曦發表情中的錯愕，那錯愕中的不解令她全身抖動不已。

「是我承擔了殺人的內疚感，是我負責砍人時的冷酷無情，是我揹負讓罪人們家破人亡的痛苦，所有的一切都是我繼承的。」

「辰燦」的身體不斷顫抖著，她哈哈大笑了出來：「至於公正代表神界權威的辰燦，只是將所有的一切都逃避了！你們聽懂了嗎？逃避了！統統都扔給了我！完全不敢也不願意面對那些醜惡！」

「那我……為什麼可以讓她置之度外？」

「辰燦」的笑聲突然停歇了，她落寞的說著，那原本美麗的面孔因為瘋狂而扭曲。

「要不是連我都認為自殺是萬惡，我早就自裁了……既然如此，我要設局，我要讓妳來殺掉我，讓辰燦最為驕傲的姐姐來殺了她自己！」

曦發踉蹌的往後倒退幾步跌坐於地，雙眼空洞的看著那只有外表和辰燦一樣的辰燦，久久不能言語。

令人難以忍受的寂靜瀰漫了開來，打破這片寂靜的是林文。

「『我是斷罪之使，所斬之人非惡即罪，死不足惜。我冷血無情，所傷之人必將至死方休，以顯主威。』這是辰燦每次要傷害人時，用來說服自己的言靈，妳可能以為就是這幾句言靈讓妳成真了。」

林文感嘆的頹下雙肩，事實比想像來得更加令人難堪，這是他遠遠沒有想到的。

「但妳知道嗎？妳其實是生病了，罹患那名為多重人格的疾病。」

「就算真的生病了那又如何？我累了，我累得想死了。」「辰燦」冷笑著，一抹鮮紅從脣間溢出，「吶……偉大的姐姐，來讓妳可愛的妹妹們解脫吧！」

曦發用雙掌摀住嘴巴，她身體冰冷的懊悔著……辰燦的話語像是控訴她，為什麼當初她沒有發現辰燦的不對勁！她明明知道辰燦是個溫柔的女生，根本沒辦法擔任斷罪之使的職責，是她忽略了辰燦曾經的求救訊號，才讓事情演變到現在這步田地。

「妳說謊了。」看了眼自責不已的曦發，林文發言了。

「我？說謊？」「辰燦」不解的重複著林文的話語，「你哪裡覺得我說謊了？你和辰燦認識不過短短幾個小時，不要自以為你很了解我們！」

「我不需要了解，妳看過妳在戰鬥中的表情嗎？」林文的視線逐漸低落，他的語調哀戚：「曦發因為不忍而自始至終都不敢和妳對上眼，所以她以為那些都是她自己的淚水，但……妳知道妳戰鬥時哭得不能自已嗎？」

「你說謊！你才在說謊！騙子！仗著自己是人類就在那邊虛假的替我發言！」「辰燦」聽著臉色一變，勃然大怒的咆哮，「我可以死在姐姐的手裡，我高興都來不及了！誰會哭！就算哭那也只是因為我太高興了！」

「不要再說謊了，妳或許可以騙過所有人，甚至用謊言說服自己，但言靈是真實的……妳的身體早已被反噬得千瘡百孔了。」

林文的聲音突然自她的耳旁響起，「辰燦」茫然的轉過了頭，什麼時候自己已經被林文摟著了？什麼時候地上滿是自己的鮮血了？

曦發帶著歉疚的神情走上前來，雙手緊緊握著「辰燦」那逐漸冰冷的手掌，她泣不成聲：「我是個失職的姐姐，我錯過了太多的東西了，所以至少至少現在……」

「我恨妳。」辰燦沙啞的說著。

隨著話語歇止，一道傷口轉瞬從左胸撕裂了開來，就像是有位透明人拿著透明手術刀在切割她一般。

「我從來沒有向妳求救過。」「辰燦」雙眼逐漸渙散。

伴隨著話語，又是一道傷口爬過她那性感的鎖骨，血水從傷處溢出。

「我對於這一切都……不後悔。」「辰燦」停頓了半秒，還是說出口。

她那晶瑩的淚水混著血液，滴落時已經成了櫻花般的緋紅。她的皮膚轉瞬像是被蟲蛀過般的坑坑疤疤，但已經沒有多少血液可以流出了。

曦發抱著傷勢慘重的「辰燦」，哭成了淚人兒。

林文起身握緊拳，將懷中的召喚書掏出緊抓在手中，「我要是和『辰燦』締結靈魂契約的話——」

……或許傷勢可以瞬間痊癒也不一定。他心懷一絲希望的想著。

「不行，這只會是悲劇。」霧洹果斷的將林文手中的召喚書搶了過來，她語重心長的說道：「先不論和墮落的神祇締結靈魂契約會怎麼樣，你的靈魂也不比她好到哪裡去……你已經拯救了曦發，原本殘破的靈魂早就衰敗，用一個殘破衰敗的靈魂去構築另一個千瘡百孔的靈魂？這絕對不可能成功。」

「吶……姐姐。」陷入彌留之間的「辰燦」呼喚了曦發，她的聲音幾乎只剩氣音：「我……要讓妳永遠都懊悔著……」

曦發聽著只能用力咬著自己下脣，力道大到嘴脣都被咬破滲出血液，但她卻感覺不出任何的疼痛，大概是因為心底早就傷痛到麻木了。

「所以我要讓辰燦活下去，這樣妳每次看到她……妳就會歉疚，永遠都忘記不了我，這是我最後的復仇。」「辰燦」微笑了，但她的微笑卻永遠凝結，再也不會平復了。

看著再也沒有任何反應的「辰燦」，曦發用力抱緊著「辰燦」的屍首，哭得不能自已。

聽得一旁的霧洹也不禁動容的垂下眼簾。

林文鼻酸的偏過了頭，原先成山成海的黑刀早就失去了「辰燦」的支配，亂七八糟的散亂在神殿幻境之中。

這些黑刀在失去支配者的現在，逐漸成灰消失，林文揪著胸口，他終於知道一直存在的違和感到底是什麼了。

他奮力的甩過了頭，看著「辰燦」一直抓在手中的長刀也逐漸化成飛灰消失，但與此同時，另一把長刀卻憑空塑形成真的出現在地上，那是一模一樣的樣式，真要說有哪裡不同的話，只有顏色的差異——黑與白。

林文幾乎快要忘記呼吸般的衝到了霧洹的身旁，搶過她手中的召喚書。

「林文？」霧洹不解的看向他。

但林文只是用歉疚的神情回望，「霧洹，對不起，時間快來不及了，之後我會跟妳解釋的。」

「遣仙靈之境，送返。」林文猛然唱道。

霧洹的手還來不及抓住他，通往仙界次元的門扉猛然開啟，霧洹的身影轉瞬朦朧，消失了。

「曦發，讓開！」林文罕見的用命令的語氣：「如果妳不想再少一位妹妹的話！」

再少一位妹妹？曦發在混亂之中，完全聽不明白林文在說些什麼。

林文幾乎是迫不及待的將她拉離了「辰燦」身邊，他的手按住「辰燦」那逐漸消失在神殿幻境中的身體，簡短扼要的拋下一句話：「我要召喚辰燦的意識。」

如果在人間，不……應該說在六界之中，除了夢土之外，都不太可能只召喚意識出來。但這處幻境就某種程度上幾乎和夢土雷同，如果他猜測無誤的話，這裡應該可以只召喚辰燦本體的意識出來。

而且剛剛「辰燦」的遺言，讓他貫穿了心中的違和感想通了一切。

他不是沒有看過辰燦戰鬥的模樣，那把白色的長刀，像是銀色的月牙，任何的汙穢都無法沾染的模樣，光是用看的都可以感覺得出神器的本質。

但當「辰燦」出現之後，手中依然握著長刀，只是顏色變了，他一開始以為是血液，但並非如此……那是截然不同的兩把神器，依照使用者的意識而改變顏色。

除此之外，在幻境一開始之初，還有黑與白二色的陷阱，各種武器造型各異，但共通點就是非黑即白。

而這一點卻當他們深入幻境之後改變了，原本以為是非黑即白的雙色人偶們，卻變成只有黑色人偶不停出現，不知從什麼時候開始，阻攔他們深入的全都是黑的。

那些都是「辰燦」，都是揹負所有苦難的「辰燦」，那原本的辰燦呢？意識是不可能說抹去就抹去的，這又不是什麼廚房魔術靈出馬就能搞定的髒汙。

合理的推斷就只有辰燦沉睡了，又或者她被拘禁了……

「……但不管是哪一種，我都會找出來的。」林文堅定的說著，所以他才把霧洹送返回仙界。在和曦發締結契約的現在，算上霧洹和琳恩，他已經達到了三重開門的上限。

可是剛剛那種全然不講禮節的送返……林文吞了吞口水，他很清楚霧洹最重視禮節，日後大概少不了一陣嘮叨了。

「以喚者之名，落落隱於無名之所，藏於無識之境，屏息以待覺者，吾唱名，故汝畢將應之！答之！諾之！」

他手翻轉著厚重的召喚書，盛大的魔法陣在意識幻境中拓展了開來，這一次並非基礎六芒星陣，而是神族特用的阿薩降臨陣文，象徵所有神族的古文符號依序排列在陣圈之外。

亮銀色的符文光輝在半空中閃爍著，不穩定的咒光，讓林文驚恐的站了起來，空間的崩坍已經吞噬到召喚法陣的邊界了。

「……空間就要崩坍了。」

如果真的崩坍了，藏在幻境之中的辰燦意識勢必會遭受毀滅，真到了那一刻，就算他趕赴夢土，所召喚出來的也只會是殘破的意識。

突然，一道燦爛無比的淨火彷彿波浪般把所有的空間崩坍推拒於外，曦發身軀燃燒著太過高溫而又輝煌的淨焰，她眼角的淚水剛流出來就被淨火蒸發了。她放聲懇求著：「林文！一定一定要救出辰燦！」

亮銀色的光輝像是彗星般的長尾，在極其狹隘的範圍中，刻劃出召喚的門扉，蒼白的光輝從門縫間透出，緩緩的……門扉完全敞開了。

但卻什麼都沒有！

狹長的門扉之中透著光亮，卻沒有任何的什麼從中出來。

看著召喚陣，林文感到一陣暈眩，是因為靈魂的受創導致召喚失敗？

不！他連琳恩都召喚成功過，這一次靈魂的受創根本就無法相提並論，那唯一的解釋就是——辰燦沒有回應召喚！

「難道……因為『辰燦』的死去，所以沒有意識了嗎？」

林文只能做出這種假設，他著急的大喊了出來：「醒過來啊，辰燦！曦發一直在等妳啊！」

「辰燦！出來啊！」曦發持續哭喊著。

彷彿是曦發的聲音撼動了召喚法陣，召喚陣文的光紋從亮銀色鍍上了一層金黃……

「不行，還是沒有抓到！」林文咬牙用力的踱了下腳步。

他已經傾盡全力了，難道辰燦的意識衰弱到他無法召喚嗎？

「給我醒醒啊！當睡美人也不是這種節骨眼啊！」他氣急的吼了出來。

※　※◆※　※

「好像……有點吵。」

她在睡眼朦朧之中這樣子抱怨。

翻了個身，她安穩的繼續沉睡著。

這裡是她的小天地，只要躲在這裡，所有的一切都會自行過去。

這一次一定也不例外……只要縮在這裡，她就不用跟姐姐抗衡，只要待在這邊，那些苦痛都會消失掉。

所以……

她賴床似的將棉被拉了起來，把整顆頭都縮入棉被裡。

但這一次，有人的聲音打斷了她的睡眠。

「別睡了。」

那是她自己的聲音，但卻不是由她自己發出的。

應該是自己睡迷糊了吧？她安心的繼續闔上雙眼。

突然，一隻手將她的棉被掀了起來，冰冷的風頓時竄進她的身體，讓辰燦醒了過來。

甫一醒來，她就眨眨眼的愕然了。

那是一個和她長得一模一樣的「自己」，對方只是緊皺著眉頭。嚴肅的面色，是她絕少會露出的神情。

「我受夠了照顧妳了，所以我要離職了。」對方正色道：「而我還給妳的第一份工作，就是甦醒。」

話才剛說完，對方就要轉身離去。

她看著那嚴肅的「自己」離去，連她自己都不知所以然的，猛然伸手抓住了對方的手腕。

「放手。」

對方凌厲的目光，讓辰燦的手彷彿碰到燒熱鐵板般的縮了回來。

「抱、抱歉。」辰燦慌亂的道歉著，但雙眼的淚珠卻詭異的不停湧出，她奇怪道：「好奇怪，為什麼會哭成這樣？我的淚腺是不是生病了？」

但對方並絲毫沒有關懷她，只是又要踏出步伐離去。

辰燦捏著狂跳不已的心臟，跳上前去抱住對方的後背。

「放手！妳這是在做什麼！」

「不放！雖然根本不知道妳為什麼冒充我的模樣，但說不放就不放！」辰燦耍賴的說著。

「我說過我要離職了！」對方氣憤的說著。

但辰燦手抖了抖，卻還是沒有鬆開來，腦袋瓜瘋狂的運轉著：「我不准妳離職，妳……就先留職停薪吧！不然現在離職我怎麼付得出資遣費！」

「我沒有要資遣費！」對方氣急敗壞的說著。

「但我要！不然神界的勞工團體會說斷罪之使苛刻員工！」辰燦固執的朝對方說著。

「……妳！」對方氣到說不出話了。

「說實話，雖然對妳感到一股熟悉，但我真的不知道妳是誰……」辰燦有些不好意思的說著，「但照顧我很累，這一點妳也不是第一個說的人，姐姐……也常常這樣抱怨。」

「我知道。」對方嘆了口氣。

「所以留職停薪吧，我們先從協商薪資再看看吧。」

辰燦露出了微笑，但只是讓對方愣了愣，隨即搖了搖頭。

「妳必須先甦醒，這是眼下最重要的工作。」

「好……那我先甦醒，但妳不可以偷溜喔。」辰燦告誡著對方。

看著對方的沉默不語，辰燦十指交錯著等待答覆。

「遵命。」對方又嘆了口氣，語氣是極其的百般無奈。

※　※◆※　※

「抓到了！」

林文喊了出來，金黃的召喚法陣從底部開始旋轉，彷彿晨曦甦醒般，金黃的光芒從門內閃耀射出。

「以喚者之名，令其現於吾之身前，汝不可拒！不可退！斷無逃竄之能。」

辰燦就這樣失去意識的從召喚陣的門扉中跌出。

看著從半空中跌落的辰燦，林文真的由衷的感到高興，但當她的黑影逐漸籠罩林文的身體時，林文有種似曾相識的感覺。

「……慘了！」他認命的閉上了雙眼。

只聽到匡的一聲，林文在失去意識前，看到的是從天而降逐漸占住視野的雄偉雙峰。

他怨尤的想著……

——果然，從天而降的除了隕石就是胸器，兩者的共通點就是都會謀殺腦細胞！

尾聲 召喚是麻煩的開始

林文看著鏡子中的自己，吃痛的輕戳了下額頭，那是腫包上加上腫包的模樣……他一直以為只會出現在卡通動漫之中，原來是可以真實上演的啊！

這應該算是新發現，但很可惜他實在沒有筆記的動力。

這幾天他體會了很多事情，例如什麼叫做姐妹同心，其利斷金。

琳恩和辰燦、曦發的戰鬥，竟然隱隱是琳恩屈於下風，戰鬥的結果更是驚人，除了柱子還留著，天花板和四面牆壁消失得一塌糊塗，讓家徒四壁這四個字完全看不到車尾燈了。

要不是他那時在做研究，他深信琳恩一定會把他抓出來，要求什麼二打二之類的……

一想到這種可能現在隨時都有成真的機會，他的頭又痛了起來。

在疼痛之間，他又聽到了聲聲呼喚——

「林文！今天你要吃哪一道！」

聽著從門外傳來的女子合聲，不知情的人可能還會以為他豔福不淺。

但只有他自己才知道，這根本是精神威壓。

如此有壓力的吃完一餐，真的不會胃潰瘍或者腸穿孔嗎？他很納悶……非常非常納悶。

「林文！」

又是整齊的催促聲。

他實在很想放聲哭喊：林文已死，有事請燒紙！

※　※◆※　※

整齊亮潔的廚房中，琳恩和曦發通力合作的做著廚房的善後工作。

「哼，三勝三敗，下一場就定勝負了。」曦發自信的挺起胸膛。

「呵呵，到時候千萬不要哭喪著臉啊。」琳恩放下碗盤的力道有些重，笑容也隨著話語而有些生硬。

兩人相視一笑，心有靈犀的同時冷哼一聲，隨即埋頭繼續洗碗……

在那次幻境崩坍前，林文確實的把辰燦召喚了出來。

但幾乎是召喚出來的同時，林文就被壓得昏死了過去……

用淨火支撐不讓幻境崩坍的曦發，正手足無措的時候，琳恩登場了。

她輕而易舉，一肩一隻的扛起林文和辰燦，雙指一彈，地上的幽影頓時立體化，將他們四個人包裹了起來。

在漆黑之中，曦發因為高溫而失去了意識……

當外頭的秘警署緊張的看著幻境崩坍時，他們早就將各種救難器材都布署好了，只等待空間術師將林文他們接送出來。

但沒想到空間術師根本來不及援救林文他們，琳恩自己就扛著三個人從破碎的幻境中走了出來……

當她把三個人放下時，救難人員卻遇到了難處。

看著那一群秘警署議論紛紛的模樣，琳恩好奇的走過去，隨即輕笑了出來。那是辰燦和曦發兩個人雙掌緊握著的模樣，緊握的力道大到讓救難人員完全無法分開她們兩人。

聽著秘警署的討論，琳恩聳聳肩，一股如針般的視線卻從後脊處扎了過來，她趣味盎然的別過頭，只看到耀慶帶著一群惡魔科的戰鬥法師警戒的看著自己走上前來。

在人群混亂之中……

「妳對林文做了什麼？」耀慶低聲的詢問。

「他？頂多腦震盪吧。」琳恩壞笑了出來。

「要不是因為妳在我眼前把林文他們從幻境中救出，此刻妳已經被拘捕了。但記住……如果林文之後有任何不測的話，我絕對不會放過妳的。」耀慶惡狠狠的瞪了她一眼，隨即將林文推上了救護車。

看著耀慶顯而易見的心思，讓琳恩完全笑壞了。

嘖嘖……越是待在人間，就越是覺得人間實在是有趣過了頭，這樣讓她怎麼捨得離開？

就在琳恩還在廚房邊用乾布擦著碗，邊回味耀慶當時的表情時，一道尖叫傳遍了整間房子，聲音之淒厲讓她差點摔了碗。

就在她慢條斯理的走到傳出叫聲的房間時，只看到頭被搖得跟波浪鼓沒兩樣的林文，和不斷抓著林文領口質問的曦發。

「妳再不鬆手，林文的頸椎大概要被甩斷了。」琳恩靠在門旁冷冷的說。

「辰燦不、不見了！」曦發緊張的望向琳恩，活像是琳恩知道辰燦的下落似的。

「我說過了，她只是被人間大結界送回去而已。」林文的頭還有些暈，剛剛在搖晃之中他似乎看見了銀河系出現在眼前。

「那我要回去神界了！」曦發跳了起來。

「再見，下次有空就拜託別來了。」琳恩喜出望外挑了挑眉，但嘴上還是不饒人的繼續說：「我擔心妹控會傳染給林文，到時候除了所羅門宅又加了蘿莉控屬性，就太不幸了。」

「琳恩！」

這一次換林文和曦發的話語同時異口而出了。

※　　※◆※　　※

結果就連回去神界，也是鬧得風風火火。

曦發語重心長的對著林文交代各種注意事項，從內衣的穿著到鞋帶的綁法，當然飲食的均衡也不可能放過。看著曦發如此認真的神情，林文真有種自己重讀小學一年級的感覺。

「夠了吧，妳再講下去，天黑了也回不到神界。」待在一旁的琳恩挖了挖耳朵。

「還不是因為妳都給林文吃些不三不四的飲食！」曦發冷笑了一聲。

「妳以為妳煮的就有三有四嗎！」琳恩額上的青筋有些暴露出來。

「當然。」曦發驕傲的回應。

又是一陣熱烈的視線交錯，幾乎可以生火的目光，讓林文真的有種……這場架永遠都吵不完的感覺。

最後，妹控屬性還是戰勝了吵架的欲望。看著依依不捨離去的曦發，林文汗顏的撓撓頭，就連《鐵達尼號》中男女主角的眼神也沒這麼深情不捨。

林文鬆了口氣的看著曦發原先所站的位置，轉過頭看向琳恩。

「現在……妳總可以跟我說，為什麼那麼希望我跟曦發締結靈魂契約了吧？」

「我哪有？我最尊重你的個人意志自由。」琳恩揮了揮手否認。

「只是尊重是一回事，行為是另一回事，對吧？」林文完全沒有被她晃點過去。

「如果說只是想替生活找點樂子的話呢？」琳恩嫣然一笑。

「這倒是很有可能……」林文幾乎要信以為真了，但在思考了片刻後，連忙甩了甩頭，「不對，妳找樂子歸找樂子，絕對不會讓妳這麼勞師動眾。妳說戲弄耀慶是找樂子，我反而還比較會相信。」

「真是的，好吧……給我點時間，我會想出一個比較好信服的藉口的。」琳恩困擾的嘆了口氣。

……嘆個屁啊！林文幾乎是忍住衝上前去爆打的衝動，壓抑著自己的衝動喊道：「琳恩！」

「好啦，其實說簡單點，就是天天五蔬果。」

琳恩看著林文鴨子聽雷的模樣，笑了出來，「你拼湊靈魂，獨缺神族的靈魂已經好幾年了，原先細小的缺陷已經堆疊到不能忽視的地步，又難得能遇到一位這麼強悍的神族，我當然只能為主人盡一份心力。這等用心良苦，連我自己都有些感動了。」

看著琳恩作勢擦著那完全沒有淚水的雙眼模樣，林文嘴角有點抽搐。

「那、那還真是難為妳了。」

「好說好說。對了！你下午要空出時間喔。」琳恩突然想起什麼似的將一張黃色的紙對半撕開。

「怎麼？妳又有何貴幹？我的研究已經耽誤很久了。」林文皺眉抱怨著。

「不是我，是霧洹。」琳恩的話才剛說出口，就讓林文的臉色大變。

「她說要等到曦發她們離去，再來跟你議論中國禮儀文化。」琳恩回想著霧洹用符紙所傳送來的訊息。

「那就跟她說曦發她們決定久居人間了！」林文緊張的吞了吞口水。開什麼玩笑，霧洹隨便一說教都是用天數計算的！不管怎樣絕對要拖到她忘記這件事為止！

「來不及了。」琳恩露出為時已晚的哀戚神情，「我剛剛已經通知霧洹了，此刻她的虛像就站在你後面，非常火大。」

林文從來沒有覺得回頭是一件這麼驚恐的事情，但當看到虛像之中霧洹的眼神時，他才體會到沒有最驚恐只有更驚恐！

霧洹沒有憤怒，只是用異常冷靜的聲音開口了：「林文我要跟你探討中國禮儀文化……除此之外，還有欺上瞞下的相關史實。今天我要讓你知道，說謊是不對的。」

一想到這一探討下去，至少三天三夜跑不掉，林文就腿軟了下來。

「我的研究到底怎麼辦啦！」他的喊叫聲傳出了整棟大樓。

《召喚師物語．林文篇　召喚是麻煩的開始》完

研究宅教授林文&
惡魔女僕琳恩再度出擊
「三神、五龍、七地煞、九水鬼——沒錯，是巫蠱召。」
「這樣整個東區會被毀掉的……！」
激進組織不惜代價召喚異界生物禍亂台北，
在主人的請託下，惡魔女僕琳恩挺身大戰死神。
召喚師林文單槍匹馬直闖對方老巢，
而他所要面對的，居然是即將降臨的魔界之王？！
《召喚師物語・亞澈篇01 召喚是倒楣的初端》
震撼六界・近期登場

THE DEPUTY OF THE
GOD OF THE EARTH
IS IN PRACTICE.
Novel
佐維 Riv
代理土地公
執業中
超好康職業徵才
職務名稱：土地公
工作內容：坐在神桌上，傾聽客戶訴求，決定筊杯方向。
公司福利：月薪＋獎金，免費供吃住，配備超炫飛天枴杖。
有沒有這麼爽
《現代魔法師》作者佐維×插畫家Riv聯手出擊
代理土地公
新鮮上任！
典藏閣
華文聯合出版平台
www.book4u.com.tw
采舍國際
www.silkbook.com
不思議工作室_
立即搜尋
版權所有© Copyright 20

系作者蒼漓★超新星繪師生鮮P　聯手打造經典虛擬網遊世界
超夯網路遊戲小說重裝登場!!
幻魔降世
Shaswahn Story Online II
初心者大冒險★偶像哥哥請多指教
少年誓言守護✕少女勇敢改變
一段旅程的展開——
創造就是改變的開始!!
Start
我們等您來註冊創角喔～
典藏閣
飛小說
華文聯合出版平台
www.book4u.com.tw
采舍國際
www.silkbook.com
不思議工作室_
立即搜尋
版權所有© Copyright 2014

飛小說系列124

召喚師物語・林文篇

召喚是麻煩的開始

飛小說。We Love Fairyfly

出版者■典藏閣
作　者■烏巢　繪　者■RURU
總編輯■歐綾纖
製作團隊■不思議工作室

郵撥帳號■50017206采舍國際有限公司（郵撥購買，請另付一成郵資）
台灣出版中心■新北市中和區中山路2段366巷10號10樓
電　話■(02)2248-7896　傳　真■(02)2248-7758
物流中心■新北市中和區中山路2段366巷10號3樓
電　話■(02)8245-8786　傳　真■(02)8245-8718
ISBN■978-986-271-590-1
出版日期■2015年4月

全球華文國際市場總代理／采舍國際
地　址■新北市中和區中山路2段366巷10號3樓
電　話■(02)8245-8786　傳　真■(02)8245-8718

新絲路網路書店
地　址■新北市中和區中山路2段366巷10號10樓
網　址■www.silkbook.com
電　話■(02)8245-9896
傳　真■(02)8245-8819

☞您在什麼地方購買本書？☜

1. 便利商店（＿＿＿＿市／縣）：☐7-11　☐全家　☐萊爾富　☐其他＿＿＿＿＿＿＿＿
2. 網路書店：☐新絲路　☐博客來　☐金石堂　☐其他＿＿＿＿＿＿
3. 書店（＿＿＿＿市／縣）：☐金石堂　☐蛙蛙書店　☐安利美特animate　☐其他＿＿＿

姓名：＿＿＿＿＿＿地址：＿＿＿＿＿＿＿＿＿＿＿＿＿＿＿＿＿＿＿＿＿＿＿＿＿＿＿

聯絡電話：＿＿＿＿＿＿電子郵箱：＿＿＿＿＿＿＿＿＿＿＿＿＿＿＿＿＿＿＿＿＿＿＿

您的性別：☐男　☐女　　　　您的生日：＿＿＿＿＿年＿＿＿＿＿月＿＿＿＿＿日

（請務必填妥基本資料，以利贈品寄送）

您的職業：☐上班族　☐學生　☐服務業　☐軍警公教　☐資訊業　☐娛樂相關產業
　　　　　☐自由業　☐其他＿＿＿＿＿＿＿

您的學歷：☐高中（含高中以下）　☐專科、大學　☐研究所以上

☞購買前☜

您從何處得知本書：☐逛書店　☐網路廣告（網站：＿＿＿＿＿＿＿＿）　☐親友介紹
　　（可複選）　　☐出版書訊　☐銷售人員推薦　☐其他＿＿＿＿＿＿＿＿＿＿＿＿

本書吸引您的原因：☐書名很好　☐封面精美　☐書腰文字　☐封底文字　☐欣賞作家
　　（可複選）　　☐喜歡畫家　☐價格合理　☐題材有趣　☐廣告印象深刻
　　　　　　　　　☐其他＿＿＿＿＿＿＿＿＿＿＿＿

☞購買後☜

您滿意的部份：☐書名　☐封面　☐故事內容　☐版面編排　☐價格　☐贈品
　（可複選）　☐其他

不滿意的部份：☐書名　☐封面　☐故事內容　☐版面編排　☐價格　☐贈品
　（可複選）　☐其他

您對本書以及典藏閣的建議＿＿＿＿＿＿＿＿＿＿＿＿＿＿＿＿＿＿＿＿＿＿＿＿＿＿＿＿
＿＿
＿＿

✌未來您是否願意收到相關書訊？☐是　☐否

✎感謝您寶貴的意見✎

印刷品

$3.5
請貼
3.5元
郵票

235 新北市中和區中山路二段366巷10號10樓

華文網出版集團　收

（典藏閣－不思議工作室）

召喚是麻煩的開始

召喚師物語

林文篇

鳥巢 NOVEL

ILLUST RURU